世界最佳情爱小说

所有的离别都将后会有期

柳鸣九　主编／鉴评

河南文艺出版社
· 郑州 ·

图书在版编目（CIP）数据

所有的离别都将后会有期 / 柳鸣九主编. —郑州:河南文艺出版社,2020.10
（世界最佳情爱小说）
ISBN 978-7-5559-1009-1

Ⅰ.①所…　　Ⅱ.①柳…　　Ⅲ.①中篇小说-小说集-世界②短篇小说-小说集-世界　Ⅳ.①I14

中国版本图书馆 CIP 数据核字（2020）第 162024 号

选题策划　俞　芸
责任编辑　俞　芸
书籍设计　吴　月
责任校对　梁　晓
责任印制　陈少强

出版发行　河南文艺出版社
本社地址　郑州市郑东新区祥盛街 27 号 C 座 5 楼
邮政编码　450018
承印单位　河南新华印刷集团有限公司
经销单位　新华书店
开　　本　890 毫米×1240 毫米　1/32
印　　张　6
字　　数　169 000
版　　次　2020 年 10 月第 1 版
印　　次　2020 年 10 月第 1 次印刷
定　　价　40.00 元

柳鸣九

主编 / 鉴评

柳鸣九，1934 年生，湖南长沙人，毕业于北京大学西方语言文学系。中国社会科学院外国文学研究所研究员，中国社会科学院研究生院外国语言文学系教授、研究生导师，曾任中国法国文学研究会会长、名誉会长。

在法国文学史研究、文学名著翻译等领域，均有很高的建树，并主持多种大型丛书、套书编选工作，是本学界公认的权威学者、领军人物，以卓有学术胆识著称，并享有"著作等身"之誉，对人文知识界有较大的影响。其论著与译作已结集为《柳鸣九文集》(15 卷)，约 600 万字。2006 年，荣获中国社会科学院最高学术称号：荣誉学部委员。

CONTENTS
目　录

失去的菲苾

[美国]　西奥多·德莱塞
巫宁坤 译

作者简介

　　西奥多·德莱塞（1871—1945），美国著名的批判现实主义作家，出身贫困，早年在社会底层历尽艰辛，他自学成才，努力奋斗，才于二十二岁时当上一名记者。后开始文学创作，1900 年发表第一部长篇小说，1941 年任美国作家协会主席，1945 年加入美国共产党。主要代表作有长篇小说《嘉莉妹妹》《珍妮姑娘》《金融家》《巨人》《天才》《美国悲剧》。

　　他们一起住在乡下，那一带不及以前繁荣，与一个小市镇相隔约莫有三英里路，那是一个人口不见增加反而日渐减少的小市镇。那个地区人烟稀少，每隔一两英里路才有一座房子，周围有大片的玉米地和小麦地，以及在闲季种过牛草马草的休耕地。他们的那座房子是一部分用大木料，一部分用木板盖的，大木料盖的部分是亨利的祖父原来的老家。新的部分是木板盖的，如今已被风雨剥蚀了，从裂缝里钻进来的风往往吹得叽叽地响，几棵遮阴的榆树和一棵白胡桃树使它颇有幽雅的画趣和怀旧的凄凉情调，但也不免潮湿一点，这一部分是亨利二十一岁新婚以后盖起来的。

那是四十八年以前的事了。屋里面的家具，和外面的房子一样，现在是又旧又散发着霉臭味，使人想起一个过去的年代。你或许见到过那种有螺旋形的腿和面上刻着凹槽的樱桃木的古董架子，那儿就有一个。那种有球形的疙瘩和弯曲的深花纹的老式四柱卧床，那儿也有一张，那是一个詹姆士时代的远祖[1]的不肖的后裔。樱桃木的梳妆台也是又高又大又结实的，但是颜色陈旧，而且有一股霉味。在这些经久耐用的家具的坚实的标本下面铺着一条单薄的、褪了色的、铅灰和粉红两色的碎布地毯，那是菲苾·爱英在她去世前十五年亲手织的。当年用来织地毯的、叽叽嘎嘎响的木头织布机现在好像一具布满灰尘、骨瘦如柴的骷髅，和一张坏了的摇椅、一个虫蛀了的衣橱——天晓得有多老了，一条曾经是在门口架花盆的、有石灰斑点的板凳，以及其他家用杂物中的老朽分子，一起放在一间东屋里，那是这个所谓正房的披屋。这个地方还有其他各式各样的破烂家具：一个古老的晾衣架，断了两根横条；一面配着老樱桃木镜框的破镜子，那是在他们的小儿子约雷死去的前三天从一个钉子上掉下来砸碎的；一个活动帽架，它的木钩的末梢曾经有过瓷头；还有一架缝纫机，它的笨拙的机件比起新的一代的产品来是早已落伍了。

房子东面的果园里长满了纠缠多节的老苹果树，枝干都给虫蛀了，并且布满了绿的和白的地衣，在月光下有一种凄凉的、白中带绿的、银样的色彩。那些从前养过小鸡、一两匹马、一头牛和几只猪的低矮的小屋，顶上长着一片片的青苔，边上因为那么久没有油漆而变成了灰黑色，并且有一点松软。正面的栅栏式的篱笆（有一扇又歪又响的门）和两旁的围栏式的篱笆处于同样破旧的状态。事实上，它们是和住在这里的人——老亨利·雷夫斯诺德和他的妻子

1　英王詹姆士一世时代（17世纪初期）流行的家具。

菲苾·爱英——同时衰老了的。

　　他俩自从四十八年前结婚以后一直住在这里，而亨利在那以前从童年起就住在这里。他还没成年的时候他的父母已经上了年纪，等他一有了爱人决定要结婚，他们就叫他把妻子带到这里来住，他那样做了。他们结婚以后，他的父母和他们在一起住了十年，后来两人都死了，从此留下亨利和菲苾带着五个茁壮成长的孩子。可是从那时候起发生了各式各样的事情。他们一共生了七个孩子，其中三个早死了；一个女儿到塔萨斯去了；一个儿子到苏瀑布¹去了，后来连信息也没有；另外一个儿子到华盛顿去了；最小的女儿就住在本州，隔着五个郡，可是操劳自己的家务，难得想到他们。时间和一向平淡无味的家庭生活使他们和父母断绝了联系，因此无论他们在哪里，他们都很少想到他们父母的情形。

　　老亨利·雷夫斯诺德和他的妻子菲苾是一对恩爱夫妻。你或许知道，天性单纯的人们怎样像地衣似的紧附在环境的石头上面，消磨一生的岁月直到老死。广大的世界在远远呼号，可是对他们没有吸引力。他们没有高超的才智。果园、牧场、玉米田、猪圈和养鸡场规划出他们的人类活动的范围。小麦熟了，就割下来、打出来；玉蜀黍枯黄经霜了，就割下来、捆了堆起来；牛草结满了穗，就割下来、堆成干草堆。在那以后冬天来到，随着而来的是谷子往市场上的载运，锯木材、劈木材，生火、做饭等家常的零活，零星的修理和看望亲友。除了这些事和天气的变化——落雪、下雨、晴天——以外，没有什么迫切的、重大的事情。人世间其余的一切都是一片遥远的、扰攘的幻景，像夜晚的北方的光似的微弱地闪动，像在远方响着的牛铃一样发出隐约的声音。

　　老亨利和他的妻子菲苾，像在世上没有任何其他人可爱的两个老人所能做到的那样彼此相爱。他是一个枯瘦的老头子，在她死时是七十岁，一个古里古怪的人，他的粗糙的灰白的头发和胡须都是乱七八糟的。他用无神的、模糊的、

　　1　南达科他州大苏河上的城市。

湿润的、眼梢布满了深褐色皱纹的眼睛看着你。他的衣服，像许多农夫的衣服一样，是又旧又硬又肥大的，口袋凸在外面，领口不合适，肘部和膝部鼓出来而且磨破了。菲苾·爱英的身材是又枯瘦又难看的，她穿着一身寒碜的黑衣服，戴上一顶黑帽子就算作她的最好的服饰，那样子简直像一把伞。时间一天天地过去，他们只有自己需要照顾了，于是他们的动作越来越慢，他们的活动也越来越少。每年养的猪从五口减到了一口嗯嗯叫的小毛猪。亨利现在养的唯一的马是一匹贪睡的牲口，喂得不算太饱，也不十分干净。从前养的一大群鸡几乎都死光了，那是由于黄鼠狼、狐狸和缺少适当的照管所产生的疾病。过去欣欣向荣的花园现在是一片杂草蔓延的陈迹，过去点缀窗户门庭的蔓藤和花卉变成了一丛荆棘。他们已经立了一份遗嘱，把这片快给税吃光了的薄产平分给四个儿女，这样一来，他们谁都对它实在没有兴趣了。这两个老人在一起过着宁静和相爱的生活，只是老亨利有时变得过分的急躁，几乎老是抱怨什么东西给忽略了，再不就是找不到了，而那东西完全是无关紧要的。

"菲苾，我的玉米刀哪儿去了？你总是不小心，乱动我的东西。"

"不许吵，亨利。"他的妻子会用沙哑的尖声吓唬他，"你要不听话，我就离开你。有一天我要站起身来，从这里走出去，那样的话你怎么办呢？除了我没有人照应你，所以你放老实点儿吧。你的玉米刀在壁炉架子上那个老地方，除非你自个儿把它放到别处去了。"

老亨利知道他的妻子在任何情况下绝不会离开他，他往往暗自思量，如果她死了的话他怎么办。那倒是他真正害怕的一次离别。当他每晚爬上椅子去上那架古老的、长摆的、双摆锤的钟，或者最后去查看前后门有没有关好的时候，这是一种安慰：知道菲苾舒舒服服地安睡在床上她的那一边；知道如果他在半夜翻来覆去睡不着，她会就近问他要什么。

"哎，亨利，你安静地躺着！你像只鸡似的不安静。"

"我睡不着啊，菲苾。"

"你也用不着这么翻腾啊。你可以让我睡。"

这番话往往给他带来一种恬适的睡意。如果她要一桶水的话，他嘀咕着其实很高兴地去提来，虽然她先起床去生火，他却管保把木材劈好放在近便的地方。他俩平分了这个简单的世界。

可是，时间一年年地过去，来探望的人也越来越少了。十平方英里之内，没有人不知道这一对老夫老妻为人诚实，有普通的基督徒的精神，不过年纪太老，实在没有什么趣味了。写信变成了一件几乎不可能的重负，困难到无法继续，甚至请人代办也不行，虽然住在潘柏顿郡的女儿倒还偶然有一封信来。间或有个老朋友来弯一弯，带着一块甜馅饼或蛋糕，一只烤鸡或烤鸭，或者单单来看看他们是否平安无恙。可是现在连这些好心肠的探望也不常有了。

在六十四岁的那年早春的一天，雷夫斯诺德太太病倒了，又从轻微的发烧变成了一种不明的病症，由于她的年纪太大，病已经是不可救药的了。老亨利赶了车到邻近的市镇斯温诺顿去请来了一个大夫。有几个朋友来探望，把照料她的工作从他手上拿走。随后她在一个寒冷的春夜死了。老亨利满心悲痛，迷惘地跟随着她的遗体去到最近的墓地，那是一片长着寥寥几棵柏树的荒地。他虽然可以到潘柏顿郡的女儿家去或者把她叫来，但那实在是太麻烦，而他也太疲惫，懒得动了。也有朋友请他到他们家去住一些时间，可是他觉得不合适。他的年纪是那么大，他的种种想法是那么固定，他是那么习惯于他待了一辈子的环境，以至他不可能想到离开。他要待在靠近他们埋下了他的菲苾的地方，而他此后得一个人过活这个事实却丝毫没有使他感到不安。他的儿女得到了通知以后都表示愿意照料他，要是他肯离开的话，可是他不肯。

"我自己应付得了。"他不断地对这次给他妻子诊治的老莫洛大夫说，"烧饭我也会一点，再说，早上我有咖啡和面包就足够了。我可以过得不错。你们别管我得啦。"经过多次的恳求和劝告，同时有咖啡、咸肉、面包等食品送来并且收下，然后大家就让他一个人去了。有一段时间他懒洋洋地坐在大门口，在春天的阳光里沉思默想。他试过恢复自己对农作的兴趣，去耕种近来荒废的田地，使自己没空去思考。然而黄昏或者下午回家来，找不到菲芯的影子，而每件东西都使他想起她，这却是一件凄惨的事。他逐渐把她的一些东西收了起来。晚上他坐在灯下，看看那些偶尔给他留下的报纸，或者一本多年没看过的《圣经》，但是他从这些东西里得不到什么安慰。多半的时候他用手捂着嘴，看着地板，同时坐在那儿思索她的结局和他自己的为期不远的死亡。他把早晨煮咖啡和晚间煎一点咸肉都小题大做，可是他一点胃口也没有了。他住了那么久的木屋好像是空虚的，它的阴影也意味着不可救药的悲哀。他就这样非常悲惨地过了漫长的五个月，然后一个变化出现了。

那是在一个夜里发生的。在他查看了前后门、上了钟、吹灭了灯，完成了所有那些多年来做惯的、完全相同的动作以后，他上了床，不是去睡觉而是去思索。那是一个月夜。他从床上看得到窗外布满绿地衣的果园，那是一片银色的、恬静如幽冥的世界。月光从东面的窗户照进来，把玻璃窗的图案投射在地板上，并且使得他所熟悉的那些老家具隐约地在房间里浮现出来。和往常一样，他想的是菲芯和他俩年轻时候在一起的那些岁月，那些走掉了的儿女，以及被他弄得一团糟的眼前的日子。家里的情形坏透了。被褥是凌乱而且不干净的，因为他洗衣物洗得很糟。那是他顶害怕的事。屋顶漏了，使得有些东西一连潮湿好几个星期，但是他已经到了那种成天沉思的状态，什么都得过且过，不肯费事。他宁愿慢慢地踱来踱去，或者坐着思索。

可是这一夜十二点钟的时候他已经睡着了，等到两点钟又醒了。月亮这时已经移到了房子的西面，正从客厅和那边的厨房的窗户照进来。家具的某种组合——一张桌子旁边的一把椅子，上面放着他的上衣，投下一道阴影的半开的厨房门，以及一份报纸旁边的一盏灯的位置——给他造成了一幅菲芯弯着腰伏在桌上的逼真的景象，正像他过去常常看到的她生前的模样。这使他大吃了一惊。难道会是她，或是她的阴魂？他是从来不信什么鬼魂的，然而——他在朦胧的月光里直瞪瞪地盯着她，毛骨悚然，接着便坐了起来。他把两条瘦腿放到床外，坐在那里盯着她，疑惑着这会不会真是菲苾。他们过去常常谈起鬼，谈起幽灵和异兆，可是他们从来不相信真有这些东西。他的妻子的信仰里从来没有这一部分：她可以有一个能重返人世的阴魂。她的死后的世界完全是另外一回事，不下于一个模糊的天堂，好人是不愿从那里重回人间的。然而她现在正在这里，穿戴着她的黑裙子和灰肩巾，弯着腰伏在桌上，她的苍白的侧影在月光中轮廓分明。

"菲苾，"他喊道，一面紧张得浑身发抖，一面伸出一只骨瘦如柴的手，"你回来了吗?"

那个人影没有动，于是他站了起来，踟蹰地向门口走过去，同时直瞪瞪地盯着它。可是当他走近的时候，那幻影化成了它的本来的成分——放在高背椅子上的他的旧上衣，报纸旁边的灯，半掩的门。

"唷，"他对自己说，他的嘴张着，"我以为我确实看见她了。"他发愣而失神地用手摸着头发，同时他的紧张的神经松弛了下来。尽管幻影消失了，却给他种下了她可能回来的念头。

另一个夜晚，由于这第一次的幻影，又因为他现在心里经常想她，再加上他也老了，他从靠床最近的窗子向外面看，那窗子面对着一个鸡棚、一个猪圈和车棚的一角，那里有一股淡淡的雾气从湿地上冒出来，于是他以为他又看见她了。那是一缕雾气，那种淡淡的、地面发散的蒸汽，在昼暖夜凉的时候升起来，在消散以前像雾做的小松树似的颤动。她在世的时候常穿过这片从厨房门口到猪圈的空地，去扔掉做饭剩下的零碎东西，而现在她又出现了。他坐了起来，愣愣地盯着它瞧。由于前次的经验，半信半疑，但是由于周身的神经激动，倒又相信鬼魂是真的，相信菲苾挂念他的孤单的生活，一定在惦记着他，因此就回来了。她有什么别的办法呢? 除此以外她怎么能表示她的心意呢? 这样做正合乎她慈悲的心肠，表现出她对他的爱顾。他一面发抖，一面热切地望着它。但是随着一阵轻风，它就向着篱笆游动过去，随即消散了。

第三次，那是在十来天以后的一个夜晚，他实际上正在做梦的时候，她来到了他的床边，把一只手放在他的头上。

"可怜的亨利！"她说，"太不幸了。"

他从睡梦中惊醒了过来，以为果真看见她从卧室走进堂屋，她的身影是朦胧的漆黑一团。他无力地眯着眼睛，看见在她形体的周围闪烁着小的光点。他大吃一惊，从床上爬了起来，在寒冷的屋子里踱来踱去，满心相信菲苾就要回到他身边来了。只要他诚心诚意地想她，只要他以他的感情完全明确地表示他万分需要她，他这个贤妻就会回来，告诉他该做些什么。她大部分时间，至少在夜晚，多半会和他待在一起，那样就会减少他的孤寂，使这种境况比较易于忍受。

对于年老和虚弱的人们，从微妙的错觉到实在的幻想是相去不远的，于是亨利过了一段时间便完成了这个过渡。他一夜又一夜地等候，期待着她的归来。有一回在他的怪异的心情中，他觉得他看见了一道暗淡的光在屋里移动，另一回他又觉得他看见了她天黑以后在果园里散步。有一天早上，那时他的孤单的生活中的种种琐事简直不能忍受了，他一醒来心里就存着她并没有死的念头。他怎样得出这个结论，那是很难说的。他的理智已经丧失了，现在只有一个固执的幻想。他和菲苾吵了一场无谓的架。他责备了她不把他的烟斗放在他的老地方，于是她走掉了。由于他的神经错乱，她旧日说着玩的威胁就这样应验了：如果他不老实她就要离开他。

"我相信我可以把你找回来。"他过去老那么说。可是她也一直咯咯地笑着威胁他说："只要我离开你，你可找不到我。我相信我可以到一个你找不到我的地方去。"

这天早晨起床以后，他没有想去照往常那样地生火，也不想按他的习惯去搅咖啡和切面包，而单单去思索他应该到哪里去找她和他应该怎样劝她回来。

那匹唯一的马最近打发掉了。因为他觉得它太麻烦，也用不着。他穿好了衣服以后取下了礼帽，眼睛里闪耀着新生的兴趣和决心，然后从门背后的老地方取出他的黑色的弯拐杖，精神抖擞地出门到最近的邻居家去找她。他穿着一双旧皮鞋，在尘土中迈着沉重的步子走着。他的花白的头发，现在长得相当的长，像一圈富有戏剧性的穗子或光轮从帽子下面披散出来。他走路的时候，他的短上衣不停地扭动。他的手和脸都是瘦削的、苍白的。

"哎，喂，亨利！你今早上到哪儿去？"农夫道奇问道，他正在运一车小麦到市场去，在大路上碰到了他。他有好几个月没见着这个年老的农夫了，自从他的妻子死后就没见过，现在看到他这样精神抖擞，他觉得奇怪。

"你看见菲苾没有？"老头子问道，同时古怪地朝上看着。

"哪一个菲苾？"农夫道奇问道，一时没有把这名字和亨利的亡妻联系起来。

"当然是我的老婆菲苾啦。你以为我说的是谁？"他用一股凄惨的锐利的目光，从他的蓬松的、花白的眉毛下面朝上瞅着。

"哎哟，我的天，亨利，你不是在开玩笑吧？"稳重的道奇说，他是一个气喘喘的胖子，长着一张光滑的、又硬又红的脸膛。"你说的不可能是你的太太吧，她死掉了。"

"死掉了！哼！"疯了的雷夫斯诺德反驳说，"今天一清早，我还睡着的时候，她离开我。她一向先起床去生火，可是现在她走掉了。我们昨晚拌了一回嘴，我想就是为了那个缘故。可是我想我找得着她。她到玛蒂尔德·雷斯家去了，她准是到那儿去了。"

他又精神抖擞地上了路，撇下那惊异的道奇在后面愕然地目送他的背影。

"啊呀，真有这种事！"他大声地自言自语，"他是完全疯了。那个可怜的老汉一人待在那儿待疯了。我一定得去报官。"于是他使劲把鞭子一抽。"走！"他说道，随即上路了。

雷夫斯诺德到达三英里外的玛蒂尔德·雷斯和她丈夫家的粉刷了的栅栏前，

在这个人烟稀少的区域没有碰到别人。他在路上经过了几座别的房子，可是这些不在他的幻觉的范围之内，因此没有被考虑。他的妻子是和玛蒂尔德很熟识的，她一定在这里。他打开了步道外面的栅门，迈开步走到大门口。

"哎呀，雷夫斯诺德先生，"年老的玛蒂尔德大声说，她是一个健壮的女人，听到他敲门的声音来到门外看看，"今早上是什么风把你吹到这儿来的?"

"菲苾在这儿吗?"他急切地问道。

"哪个菲苾? 什么菲蕊?"雷斯太太回答道，心里对他的突如其来的精力感到诧异。

"我的菲苾，当然，我的老婆菲苾。你以为是谁? 她难道不在这儿吗?"

"老天啊!"雷斯太太喊了出来，她的嘴张着，"你这个可怜的人! 原来你现在发疯了。你赶快进来坐下。我去给你倒杯咖啡。你太太当然不在这儿，不过你进来坐吧。我过一会儿就替你把她找来。我知道她在哪儿。"

老农夫的眼神变柔和了，他随即走了进去。他脱下了帽子，很温和地把它轻轻地放在膝盖上，他那一副枯瘦不堪、老迈龙钟的模样引起了雷斯太太的最深切的同情。

"我们昨晚吵了一场架，她就离开我了。"他自动地说开了。

"天哪! 天哪!"雷斯太太一面向厨房走，一面惊叹，因为没有人在场分担她的惊愕，"可怜的人! 现在非得有个人照应他不可了。绝不能让他这样四处乱跑找他的死去的太太。太悲惨了。"

她给他煮了一壶咖啡，拿进来一些新烤的面包和新鲜黄油，她摆出了一些她的顶好的果酱，煮上了两个鸡蛋，同时满心情愿地说着瞎话。

"你待在那儿别动，亨利伯伯，等耶克回来。我让他去找菲苾。我想她多半跟朋友上斯温诺顿去了。反正我们去打听清楚。你现在先喝这咖啡，吃这面包吧。你一定累了。你今早上走了不少路了。"她的主意是要跟"她的男子汉"耶克商量一下，然后也许让他去报官。

她来来回回地忙着，心里思索着人生的无常，同时老雷夫斯诺德用他的苍白的手指敲着帽边，后来心不在焉地吃了一点她摆出的东西。可是他的心在他妻子身上，既然她不在这里，或者没有露面，他又迷迷糊糊地想到了在另一个方向多少英里外的一个姓墨利的人家。他过了一会儿便决定不等耶克·雷斯去找他的妻子，而要亲自去找她。他一定得继续去寻找，劝她回家。

　　"好吧，我要走了。"他说道，同时站起身来古怪地四下张望，"我相信她并没到这儿来。她到墨利家去了，我想。我不再等下去了，雷斯太太。今天家里有许多事要做哩。"不管她一连声的劝阻，他迈开步走了出去，在温暖的春天的阳光中又走上尘土飞扬的道路，他的手杖随着他的脚步敲着地面。

　　两个钟头以后，这个形容枯槁的老人出现在墨利家的门口——满身尘土，流着汗，一脸急切的神色。他足足走了五英里路，而那又是正午的时候。一对六十岁的夫妻惊讶地听到了他的奇怪的问题，便也明白他是疯了。他们留他吃饭，打算过后报官，看看有什么办法可想。他虽然留下吃了一点东西，可是他没有待多久，就又出发到另一个遥远的农家去了，因为他那有许多事要做的念头和他对菲苾的需要催促着他。那一天和下一天和再下一天都是这样过去的，同时他探听的范围也越来越广。

　　在这种地方，一个人逐渐被大家认为行动离奇古怪然而毫无害处，这个过程往往是复杂而凄惨的。前面说过，这一天雷夫斯诺德到过别的人家门口，急切地提出他那个古怪的问题，到处引起人家的惊讶、同情和怜悯。地方当局——就是郡长本人——虽然得到了报告，可是认为把他逮捕是不妥当的，因为那些认识老亨利多年的人，一想到那一郡的疯人院的情况——由于那个地区穷苦，那是一个住着可怕的疯人、环境恶劣的地方——便决定让他自由行动，因为，说来奇怪，调查的结果发现他在夜晚很温顺地回到他的孤寂的住处，去看看他的妻子回来没有，然后孤独地沉思默想直到早晨。谁会关起一个长着花白的头发，怀着和善的、单纯的询问态度，枯瘦、急切、在寻人的老头子。尤其因为他一向是以安分守己出名的，那些和他最熟识的人非常同意让他自由游荡。他不会有什么害处。许多人都愿意帮助他，给他食物、旧衣服、日常生活的零星东西——至少在起初。不久以后，他的形象就成了一个习以为常的怪现象，同时这种回答——"没有啊，亨利，我没看见她。"或者"没有，亨利，她今天没来这儿。"——也变得更习惯了。

此后的几年当中，他是一个不分晴雨都在多尘土的和泥泞的道路上奔走的古怪的人，间或在意想不到的地方被人碰见，进行着他的无止无休的寻找。尽管邻居们和那些熟悉他的身世的人高高兴兴地把自己的食物分给他，营养不良不久便损害了他的健康，因为他走路走得很多而吃得很少。他在大路上这样游荡得越久，他的奇异的幻觉就变得越深，后来他发觉从他的越来越远的旅程回家越来越难，他终于从家里带出几件餐具，打成一个小包，使他可以不必非得回家。在一个旧的大号咖啡罐里，他放进了一个小洋铁杯子，一副刀叉和勺儿，一点盐和胡椒，另外，在罐子外面，用一根绳子穿过一个凿开的洞，系上了一个盘子，这是可以放下来当他的林中饭桌的。他用不着费事就可以弄到他需要的那一点食物，他以一种奇异的、几乎神圣的庄严，毫不迟疑地去向人要那点东西。逐渐地，他的头发越来越长，他的一度是黑色的帽子变成了土黄色，他的衣服变得褴褛而多尘土。

他奔走了整整三年，谁也不知道他的漫游有多远，也不知道他怎样挨过了风雨和寒冷。人们看不到，他有朴实的农村的知识和先见，会躲在干草堆里，或者牛的身旁，它们的温暖的身体给他挡住了寒冷，它们的鲁钝的智力也不反对他的无害的停留。凌空的岩石和树枝往往使他不受雨淋，一个方便的干草棚或玉米箱也不是他不屑考虑的。

幻觉的复杂的进展是奇怪的。由于到人家门口去问经常碰钉子，他终于得到了这个结论：他的菲苾虽不在他去敲门打听的那些人家，然而她可能在他的声音所能到达的地方。于是，从耐心的探听，他开始发出凄厉的、偶然的喊声，它们不时唤醒了宁静的原野和崎岖的山区，引起他的尖细的"哎——哎——哎——菲苾! 哎——哎——哎——菲苾!"的回声。那呼声有一种疯狂而悲惨的音调，许多农夫后来从远处也听得出，并且会说："老雷夫斯诺德走过去了。"

　　久而久之，在千百次的探听以后，另一件使他非常为难的事是：他心目中不再有任何具体的门户，他也不再有特殊的问题可问以后，朝哪个方向走呢？这些四通八达的十字路口不久便使他为难起来。可是为了解决这个越来越伤脑筋的难题，另一个幻觉来帮助了他。菲苾的灵魂，或是空气、风，或者自然界的某种力量会告诉他的。如果他站在道路的岔口，闭上眼睛，连转三次，同时喊两声"哎——哎——哎——菲苾"然后把拐杖朝前面扔出去，它一定会指出朝哪个方向走去找菲苾，或者说这些神秘的力量有一个一定会左右它坠落的方向！不管它落在哪个方向，即使它引他回到他已经走过的路上或者越过田野（这都是常有的事），他的神志还不太错乱，他总给自己充足的时间去寻找，之后才重新叫喊。他早晚一定找得着她的，这个幻觉好像也持久不变。有时候他的两脚酸痛，四肢疲惫，有时候他会站住，在炎热中擦擦布满皱纹的前额，或者在寒冷中捶捶胳臂。有时候，在扔出拐杖以后，发觉它指着他刚才来的那个方向，他就疲惫而冷静地摇摇头，仿佛思索着那种难以置信的事情或者一个乖张的命运，然后又精神抖擞地上路。他的古怪的形象终于在三四个郡中最远的地方都出了名。老雷夫斯诺德是一个可怜的怪人。他的名声传播得很远。

　　在绿郡的一个叫作瓦特斯维尔的小市镇附近，离那个人类活动的小中心大约四英里路，有一个当地叫作红崖的地方，那是一片红沙石的险峻的绝壁，大约有一百英尺高，陡峭的崖面高耸在丰饶的玉米田和果园上面有半英里多远，顶上长着一片茂密的树林。从对面缓缓地通到顶上的斜坡上长着一片芜杂的榉树、胡桃树和梣树，其中穿过许多错综的车辙。现在老雷夫斯诺德对露天已经非常习惯了，天气好的时候，他就在这样一片树林中睡觉，躺下过夜以前在一棵树下煎咸肉或鸡蛋，这已经成为他的习惯了。偶尔，因为他的睡眠断断续续，他睡得不熟，会在夜里徘徊。更多的时候，月光或者树丛中突如其来的一阵风，或者一只夜游的动物惊醒了他，他便坐起来思索，不然就在月光下或者黑夜中继续寻找，一个奇异的、古怪的、半疯半野但是全然无害的老人，在荒凉的路口叫喊，对着黑暗的和窗扉紧闭的房屋发愣，寻思着菲苾究竟会在哪里，在哪里。

每天半夜两点钟，在那个万籁俱寂的时刻，他一定惊醒过来，虽然未必继续上路，却往往坐起来，对着黑暗或星斗沉思纳闷。有时候，在他的奇怪的思索过程当中，他会幻想他看到了他失去的妻子在树林中走动，随即他就会爬起来去追踪，手里提着他的餐具（总是用一根绳子捆在一起的）和他的拐杖。如果她好像要急于闪避他，他就会奔跑，或者哀求，或者因为突然不见了那个幻影而惊愕或失望地站住，悲叹一会儿他在寻找中所遭遇的几乎不能克服的困难。

在这些无望的漂泊的第七年，在和他的妻子死去的那个春天相似的一个早春，他一天夜晚终于来到了这片通到红崖的斜坡上的树林。他的远游的拐杖，在前面一个十字路口当作卜杖用过，把他领到了这里来。他已经走了许多许多英里的路。那时已是夜晚十点钟以后，他也疲惫不堪了。长期的漂泊和少量的饮食早已使他瘦得不成人形了。现在支持着他的与其说是身体的力量，不如说是坚韧的精神。他这一天几乎没吃东西，现在筋疲力尽地在黑暗中躺下来休息，也可能睡一觉。

古怪得很，这次有一种奇异的、暗示他的妻子就在眼前的气氛围绕着他。他心里盘算着，尽管漫长的年月没有给他带来任何结果，现在再过不久他就可以见着她，和她谈话了。过一会儿他睡着了，他的头靠在膝盖上。午夜，月亮开始上升，到了夜里两点钟，他的不眠的时刻，月亮像一个大银盘从东边的树丛中照来。他睁开了眼睛，这时月光分外明亮，在他脚下造成一片银色的图案，用种种奇异的光辉和银色的、朦胧的形体照亮了树林。和往常一样，他这一次又想到他的妻子一定就在附近，于是他以揣测的、期望的目光四下里张望。在他来的那条小路上远处的阴影中移动的是什么？一团微弱的、摇曳的鬼火，在树丛中轻盈地浮动，吸引住了他的期待的目光。月光与阴影使它现出一个奇异的形状和一个更奇异的实体——磷火的飘动或者流萤的飞舞。它真的是他失去的菲苾吗？它以一条迂回的路线围绕着他转，在他的狂热的状态中，他幻想他连她的眼神也看得见，不像他上次看到她穿着黑的衣服和肩巾的那个样子，而现在是一个奇异的、年轻得多、活泼得多、可爱得多的菲苾，他多年前认识的那个少女。老雷夫斯诺德站了起来。这些年来他一直在期待和梦想这个时刻，现在当他看着这股微弱的光在他面前轻轻飞舞的时候，他诧异地瞅着它，一只枯瘦的手插在他花白的头发里。

突然间，他现在多年来第一次重见到他少年时代所熟悉的她那妩媚的少女的风姿，那讨人喜爱的、同情的微笑，那棕色的头发，她有一天在野餐时系过的蓝腰带，她的活泼、轻盈的动作。他围绕着那棵树走，使劲眯着眼，就那一次忘了他的餐具和拐杖，急切地追赶着。她在他的前面不停地向前走，一团春天的鬼火，她的头顶上有一朵小火焰，同时从那些细小的桦树和榉树以及粗大的胡桃树和榆树丛中，她仿佛用一只年轻的、轻盈的手打着招呼。

"哦！菲苾！菲苾！"他喊道，"你真的回来了吗？你真的回答了我吗？"他加快脚步，摔了一跤，跌跌撞撞地爬了起来，却看见远处的那团光若隐若现地继续向前飞舞。他一步不停地向前急急走去，到后来跑了起来，他的褴褛的袖子擦过树干，他的手和脸碰撞着挡路的枝丫。他的帽子不见了，他喘得透不过气来，他的理智完全丧失了，这时他来到悬崖的边缘，看见她在下面一片银白色的、春花怒放的苹果树中间。

"哦！菲苾！"他喊道，"哦！菲苾，不，不要离开我！"他感到了那样一个世界的魅力，在那里爱情是年轻的，在那里菲苾就像这个幻影、他们昔日的青春的可爱的缩影，他快乐地大叫了一声："哦，等一等，菲苾！"便跳了下去。

过了几天，在这个富饶优美的地区踏勘的几个青年农夫先发现了他扔在树下的捆在一起的洋铁餐具，然后在悬崖的脚下发现了他的破碎的尸体，他的面容是苍白的，但是自得的，他的嘴唇上留着宁静和快乐的微笑。他们发现他的旧帽子掉在一丛低矮的小树底下，那是被枝丫绊住的。这些质朴的居民当中没有一个人知道，他多么热切而快乐地找到了他失去的伴侣。

鉴评：不止于思念

他不是触景生情地思念，也不是经常不断地思念，他对妻子的思念已经成为他每天生活的唯一内容；他不是止于思念，也不是偶尔采取行动，而是每天都外出寻找他那失去的菲苾；他不是在某一个月这样做，也不是在某一年里这样做，而是在长达七年的时间里都不停地在寻找。

他怀着绵绵无尽期的思念，以坚毅的精神在乡村、在田野、在树林里过着风餐露宿的艰苦生活，整整漂泊了七年，进行这种无望的寻找。这种思念、这种感情、这种意志、这种努力，成为他整个晚年生活的全部追求，成为他作为一个人还拥有的一切，成为他漫长一辈子最后唯有的剩余，成为他仍在进行的生存活动——继续在感觉、继续在沉思、继续在行走、继续在作息的唯一的支撑点。

这是一种多么有分量的感情，一种多么深厚执着、沉甸甸的爱！

谁读这个故事，都会泪眼模糊，特别是经过人生沧桑的人，更会怆然涕下！而这个故事是发生在一个枯瘦的老农人的身上，他衣服褴褛，满脸皱纹，须发蓬松，他所寻找的对象则是一个矮小难看的老妇，她穿一身寒碜的黑衣服，戴一顶可笑的黑帽子，她是老亨利心目中的贝雅特丽齐！

在一般人的观念里，爱情是青春所专有的领域，而文学中的爱情故事，似乎都是由郎才女貌的年轻人来扮演演绎才行。德莱塞用这篇小说打破了这种误解，他为人类文库提供了一篇写老年夫妇之爱的典范杰作，一篇既不是以优美的形象又不是以诗的意趣，而只是以质朴深挚的人情人性（这就足矣）来催人泪下的杰作。

曾经有这样一种对人生真谛似已彻大悟的高见："婚姻、家庭是爱情的坟墓。"对某些人来说，事情的确如此，但这绝不是人类感情生活中一个普遍的、绝对的规律。执这种高见的人、有此种经历的人，大都是一些浪漫主义爱情与诗意爱情的追求者，婚姻与家庭所带来的平凡的日常生活、家务琐事，自然被他视为爱情之大敌、爱情之坟场。这种观点造成了爱情似乎只与罗曼蒂克联系在一起的偏见，爱情天生就姓罗的神话。

的确，随着婚姻的缔结与家庭的建立而来的日常生活，不会再有什么浪漫主义的诗意，特别是普通人的生活更充塞着使任何罗曼蒂克因素荡然无存的"柴米油盐"。然而，如果在婚姻与家庭中，浪漫主义的爱情关系可能消失的话，那么，经常倒总有另一种感情关系来取代它，那就是伙伴关系的感情。在浪漫主义的爱情关系中，精神上、内心中的愉悦感往往是占有主导地位的，而在婚姻家庭的伴侣关系中，则是共存感占统治地位了，而这种共存感是与共同的存在方式紧密结合在一起的，是共同存在的需要所直接滋生出来的，它作为维系双方关系的感情纽带，往往是深厚的、牢固的，虽然它的表现形式往往并没有诗意，没有光彩，毫不起眼。

我们所看到的老亨利与老菲苾的关系和感情就是如此。他们不仅共同生活了一辈子，而且是在一个相当特殊的条件下共同生活了一辈子。那是一个人烟稀少的地区，每隔一两英里路才有一座房子，对他们来说，世上的一切都像幻景一样遥远。在这个孤零零的田舍里，他们终生相依为命，似乎天地之间只存在他们两人，只由他们两人"平分了这个简单的世界"。这种存在状态，就是他们深厚牢固感情的基础，而他们劳动朴实的生活，则培养了他们那种纯朴的感情，他们老两口的那种对话与拌嘴，是多么具有孩子般的单纯与意趣！

　　德莱塞的短篇，在提供了人类情爱的一种典范标本的同时，还为短篇小说的创作提供了概述艺术的典范。作者在叙述老亨利整个晚年的生活与感情时，既展现了漫长时序中的总体状态，又突出了某些鲜明典型的细节，其大刀阔斧的取材、概略的勾画与细致描写的协调配合，几乎达到了最完美的程度。

弃绝

[印度] 泰戈尔

谢冰心 译

作者简介

　　泰戈尔（1861—1941），印度著名作家、社会活动家。他在诗歌、戏剧、小说、哲学、音乐以及绘画等各领域都进行了卓越的创作活动，特别在诗歌方面成就更高，曾以抒情诗集《吉檀迦利》于1913年荣获诺贝尔文学奖。

　　泰戈尔出身于地主家庭，其父是一个哲学家，热心于宗教和社会改革活动。泰戈尔从小在文学艺术气氛很浓的家庭环境里成长。青年时期曾赴美国留学，回国后献身于文学事业。进行文学创作的同时，他也从事进步的社会活动，曾致力改革落后的农村，参加过反英国殖民主义的人民运动，对启蒙的教育事业做过贡献，创办了著名的国际大学，同情和支持世界人类的进步事业，反对法西斯势力。

　　泰戈尔的文学创作量很大，有五十部诗集、十二部中长篇小说、一百余篇短篇小说、二十种剧本，还有大量的音乐、绘画作品。泰戈尔以创作诗歌为主，感情真挚、清新自然是他的文学风格。他丰富多彩的文学作品不仅是印度近代文学中的瑰宝，而且在世界范围内也有广泛的影响。

一

这是帕尔贡[1]季初的一个月圆之夜，早春到处吹送出满含着芒果花香的微风。一只藏在水塔边一棵老荔枝树的浓密树叶里的帕比亚鸟[2]，它的不倦的柔婉的鸣声，穿透到慕克吉家一间无眠的卧室里。在这里，赫门达一会儿把他妻子的一绺头发在他手指上绕着，一会儿又摆弄她手腕上的一串金钏，使它发出叮当的响声，一会儿又拉下她头上花串里的花朵，让它垂坠在她的脸上。他的心情就像一阵晚风在心爱的花丛中嬉戏，轻轻地把她摇到这边，又摇到那边，想使她活泼起来。

但是库松坐着不动，望着洞开的窗外，眼神沉没到月光笼罩的无边的太空里。她对丈夫的爱抚仿佛毫无感觉。

最后，赫门达握住他妻子的双手，轻轻地摇着，说："库松，你在哪儿呢？从一个大望远镜里耐心地寻找，才会发现你像一粒小斑点一样——你仿佛离我那么远。呵，靠近我一点，亲爱的，你看夜晚是多么美丽啊。"

库松的眼睛从无边的太空转向她的丈夫，她慢慢地说："我会念一个咒语，它能在一瞬间把这春夜和明月击成碎片。"

"你要是真会念，"赫门达笑着说，"请不要念吧。要是你会念什么咒，能在一个星期内变出三四个星期六，还能把夜晚延长到第二天早晨五点钟，那你就念吧。"

一边说着，他想把他的妻子拉得更靠近一些。库松却从他的怀抱中挣脱开

1　印度一年分为六季，就是夏、雨、秋、冬前、冬和春，帕尔贡就是春季。
2　孟加拉地区的一种鸣声极美的鸟。

来，说："你知道吗？今天晚上我很想把我决定在临死时才说出来的一件事告诉你。今天晚上，我觉得不管你给我什么责罚，我都能忍受。"

赫门达正在想开一个玩笑，罚她背诵一段阇耶提婆[1]的诗，忽然听到一阵急促的拖鞋声很快地走近了。这是他父亲哈利赫·慕克吉的熟悉的脚步声，赫门达不知道发生了什么事，就心慌意乱起来。

哈利赫站在门外，吼叫道："赫门达，马上把你的妻子赶出去。"

赫门达看着他的妻子，看不出她脸上有惊讶的痕迹。她只是用一双手掌捂着脸，恨不得用尽她灵魂里所有的力量，使她立刻化为乌有。帕比亚鸟的鸣声仍旧随着南风飘了进来，但是没有人听到。大地的美是无穷无尽的——但是，唉，一切事物的样子多么容易改变啊。

二

赫门达从外面回来，问他的妻子："这是真的吗？"

"是真的。"库松回答说。

"你为什么不早告诉我呢？"

"好几次我想告诉你，可是总说不出口，我是一个不幸的女人啊。"

"那么现在你把一切都告诉我吧。"

库松用坚定平稳的声音，把她的事情严肃地说出来。她仿佛用迟缓的无畏的脚步，赤着脚从火焰里走过去，却没有人知道她被灼伤得多么厉害。赫门达听她说完了，就站起来，走了出去。

1　印度著名诗人。

库松料想她丈夫走了，再也不会回来了，她并不感到惊奇。她像对待日常生活中任何其他事变一样泰然处之——在过去的几分钟里，她的心情已经变得那么枯燥，那么淡漠。世界和爱情，自始至终似乎对她都是空洞虚幻的。连她丈夫从前对她谈情说爱的回忆，也像一把刺透了她的心的残忍的尖刀一般，只给她嘴唇上带来了枯燥、冷酷、忧郁的微笑。她想，也许是那仿佛填满人生的爱，它带来了多少爱慕和深情，它使得小别那么剧烈的痛苦，短晤那么深切的甜蜜，它似乎是无边无际的，永恒的，生生世世永远不会停息的——爱原来就是这样！它的支柱多么脆弱！一经牧师触摸，你的"永恒"的爱就化为一小撮尘土了！赫门达刚才对她低语说："一个多么美丽的夜晚！"这一夜还没有消逝，那只帕比亚鸟还在歌唱，南风还在吹拂着房间里的帷帐，月光还躺在打开的窗子旁边的床上，像快乐得疲倦了的美丽女神一样——这一切都是不真实的！爱情比她自己还要虚幻啊！

三

赫门达整夜失眠，疲乏得像个狂人一样。第二天早上，他到波阿利·山克尔·扣萨尔家去。波阿利·山克尔和他招呼："有什么事吗，我的孩子？"

赫门达烈火一般暴跳起来，用颤抖的声音说："你亵渎了我们的种姓。你给我们带来了毁灭。你一定会受到惩罚的。"他不能再说下去了，他觉得哽住了气。

"你却保全了我的种姓，使我没有被从社区里驱逐出去，你还亲昵地拍拍我的脊背！"波阿利·山克尔带着讽刺的微笑说。

　　赫门达恨不得用他的婆罗门[1]的怒火，立刻把波阿利·山克尔烧成灰烬，但是他的愤怒只灼焦了自己。波阿利·山克尔安然无损地坐在他面前，而且非常健康。

　　"我伤害过你吗？"赫门达结结巴巴地质问道。

　　"我且问你一个问题，"波阿利·山克尔说，"我的女儿——我唯一的孩子——她伤害过你父亲吗？那时你还很小，也许从来没有听到过这件事。那么你听着吧。你不要太激动了。我要说的事情还很有趣呢。

　　"当你很小的时候，我的女婿那不格达偷了我女儿的珠宝，逃到英国去了。你也许还会记得，五年以后，他以律师的身份回来的时候，在村子里引起的骚动。也许你没有注意到那回事。当时你正在加尔各答上学。你的父亲自命为社区的领袖，他说如果我把女儿送回她丈夫家里去，我就得永远弃绝她，永远不许她再跨进我家的门槛。我跪在你父亲的脚前，哀求他说：'大哥，饶了我这一次吧。我一定让这小子吃屎，举行一次赎罪的仪式。请你让他回到种姓里来吧。'但是你父亲始终坚持着。在我这一方面，我绝不能弃绝我唯一的孩子，我便辞别了我的村庄和族人，迁到加尔各答去。在那里，我的麻烦仍旧跟随着我。我给我的侄子做好结婚的一切准备的时候，你的父亲又挑拨女方的家人，他们就毁了这个婚约。那时我就狠狠地起了一个誓，只要我的血管里还有一滴婆罗门的血，我一定要报仇。现在你对这件事该多少了解一点了吧？但是再等一等。当我把全部事实告诉你的时候，你会爱听的，这件事很有意思。

　　"当你在大学里念书的时候，有一位叫比波拉达斯·查特吉的人住在你的隔壁。这个可怜的人现在已经去世了。他家里住着一个小寡妇，名叫库松，她是一个迦尔斯帖家的穷苦的孤儿。这女孩子长得很美，这位老婆罗门想把她藏匿起来，免得大学生们老是盯着她瞧。但是一个少女要蒙蔽一个老监护人却是一点

---

[1]　种姓中最高的一级。

也不困难的。她常跑到屋顶上去晒衣服，我相信，你发现了你的屋顶是最宜于学习的地方。你们俩是否在屋顶上谈过话，我可说不上来，但是这女孩子的行动引起了老头子的疑虑。她常常做错家务，而且像帕巴蒂[1]一样，在热恋中渐渐地不吃饭也不睡觉了。有几个晚上，她在老头子面前无缘无故地流下泪来。

"他终于发现了你们俩常在屋顶上会面，你甚至不去上课，在中午也拿一本书坐在屋顶上，而且你忽然喜欢独自一个人念书了。比波拉达斯跑来向我请教，把一切告诉了我。'大叔，'我对他说，'你早就想到贝勒斯去进香。还不如现在就去，把这女孩子交给我照管。我会照应她的。'

"这样他就走了，我把这女孩子安置在司帕提·查特吉的家里，让他冒充她的父亲。后来的事情你都知道。今天我把这件事从头到尾告诉了你，真觉得如释重负。这件事听起来不是很像一篇小说吗？我想写成一本书，把它印出来，但是我自己不是一个作家。人家说我的侄儿在这方面有些才能——我要叫他给我写出来。但最好是你跟他合作来写，因为故事的结局我还知道得不很清楚。"

赫门达不理会波阿利·山克尔最后的几句话，他问："库松没有反对过这件婚事吗？"

"嗯，"波阿利·山克尔说，"这就很难猜测了。你知道，我的孩子，女人的头脑是怎样构成的。她们嘴上说'不'的时候，心里是说'同意'。当她搬到新家的头几天，因为看不到你，几乎发了狂。你好像找到了她的新地址，在到学校去的时候，总像迷了路似的，在司帕提的门前徘徊。你的眼睛好像并没有真正在寻找省立学院，而是直瞪瞪望着一所私人住宅的关上的窗子，那是只有虫子和害相思病的年轻人的心才进得去的。我很替你们难过。我看得出你的学习受着很大的阻碍，那女孩子的处境也很可怜。

"有一天，我把库松叫到我面前来，说：'听我说，我的女儿。我是一个老

1　破坏之神湿婆的妻子。

头子，你在我面前不必害羞。我知道你心里想念着谁。那个年轻人的情况也很糟。我希望能给你们成全好事。'这时库松忽然哭着跑开了。此后好几个晚上，我常到司帕提家去，把库松找来，和她谈与你有关的事情，这样我渐渐克服了她的羞怯。最后我说我想成全这件婚事的时候，她问我：'那怎么行呢？''没关系，'我说，'我让你冒充一个婆罗门的姑娘。'经过很久的辩论，她恳求我来探听你是否赞成这件事。'胡闹！'我回答说，'那孩子好像快要发疯了——把这一切复杂情形告诉他又有什么好处呢？先顺利地举行过婚礼，然后——只要结局好就万事大吉了。尤其是，这件事永远也不会有泄漏的危险，何必节外生枝地让一个人终身苦恼呢？'

"我不知道这计划是否已得到库松的同意。她有时哭泣，有时沉默。如果我说'那我们就不再提了吧'，她就显得很不安。事情既然到了这个地步，我就叫司帕提去向你提亲，你毫不迟疑地同意了。一切就这样决定了。

"婚期定了以后不久，库松变得那么执拗，我好不容易才把她说服。'算了吧，叔叔。'她常常这样对我说。'这是什么意思，你这傻孩子，'我责备她说，'一切都安排好了，现在我们怎么能不干了呢？'

"'你放出谣言说我死了吧，'她哀求道，'把我送到别的地方去。'

"'那么，那个年轻人会遭遇到什么呢？'我说，'他现在欢喜得上了九重天，盼望他日夜梦想着的事明天就可以实现，可是今天你却要我告诉他说你死了，结果是明天我就势必要把他死了的消息带给你，同一天晚上，又会有人把你的死讯报告给我。孩子，你以为我这一大把年纪能做一个少女和婆罗门的谋杀者吗？'

"快乐的婚礼终于在一个吉日良辰举行了，我觉得我已经卸下了自己的沉重的负担。以后的事情，你比我知道得更清楚。"

"你给我们造成不可弥补的损失，你还不肯罢手吗？"赫门达静默了一会儿以后，吼叫道，"现在你为什么要把这个秘密说出来呢？"

波阿利·山克尔极镇静地回答说："当我看到你妹妹的婚礼一切都安排好了的时候，我心里想：'好啦，我已经把一个婆罗门的种姓污损了，但那不过是责任感的问题。现在，另一个婆罗门的种姓又有被污损的危险，这一次我有责任来防止它。'于是我给他们写信，说我可以证明你娶了一个首陀罗[1]的女儿。"

赫门达竭力控制住自己，说："现在我打算休弃的这个女孩子，将来会怎么样呢？你可以供给她食宿吗？"

"我已经尽了我的本分，"波阿利·山克尔从容地回答说，"照管别人休弃的妻子，可不是我的责任了。外面有人吗？给赫门达先生端一杯加冰的椰子汁来，再拿点槟榔。"

赫门达站起来，没有接受这丰富的款待，就告辞了。

四

在月缺的第五夜——那一夜是黑暗的。没有鸟叫。水塔旁的荔枝树，看去像颜色不那么深的背景上的一道墨痕。南风像一个梦游者似的在黑暗中盲目地飘荡。天上的星星想用警觉的不瞬的眼光，穿透黑暗，来窥测深奥的神秘。

卧室里没有灯光。赫门达坐在靠近打了开的窗户的床边，凝望着面前的黑暗。库松躺在地上，双臂抱着她丈夫的脚，把脸偎靠在上面。时间像宁静的海洋一般停住不动。在这永恒的夜的背景里，"命运"似乎画出了这唯一的一张永远有价值的画——周围是死气沉沉的，裁判者坐在中间，罪人伏在他的脚边。

拖鞋声又响了。哈利赫·慕克吉走近门边，说："时间已经够长了，——我

1　种姓中最低的一级。

不能再等了。把这女孩子赶出去吧。"

　　库松听到这些话的时候，她用毕生的热情，抱住她丈夫的脚，不住地吻着，又恭敬地用她的前额触了一下他的脚，然后走出去了。

　　赫门达站起来，走到门边，说："父亲，我不愿意休弃我的妻子。"

　　"什么？"哈利赫吼叫着，"你愿意放弃你的种姓吗，先生？"

　　"我不在乎种姓。"这是赫门达沉着的回答。

　　"那么我把你也弃绝了。"

鉴评：帕比亚鸟的春天

　　欧洲资产阶级反封建主义的斗争，使文学史上留下不少爱情题材的名篇。由于这一斗争从封建主义占统治地位、资本主义关系开始萌芽的时候就已经开始，反封建的爱情题材作品也就早在文艺复兴时期已经有了它卓越的代表作，最为人们熟知的有莎士比亚的《罗密欧与朱丽叶》以及薄伽丘的《十日谈》中一些短篇。当资产阶级反封建的斗争在十八、十九世纪进一步发展的时期，这一类作品就更多了：卢梭的《新爱洛绮丝》，歌德的《少年维特之烦恼》，斯达尔夫人的《黛菲妮》与《柯丽娜》，等等。这些都是描写爱情故事的作品，至于涉及爱情而具有反封建意义的作品，那就更难以数计。

　　泰戈尔的小说《弃绝》，从大的范围来说，属于反封建的爱情题材的小说，如果再进行细致的比较，它与中国的《孔雀东南飞》则更为相似。一个产生于四世纪封建专制主义统治下的中国，一个产生于二十世纪还有封建残余的印度，同样都反映了封建家长制专横跋扈和它对青年一代爱情幸福的干预和破坏。

与《孔雀东南飞》比较起来，泰戈尔这篇作品，故事情节和矛盾冲突更复杂一些，更充满了戏剧性。这里，首先明显地存在着爱情自由与封建等级制的矛盾，小说中高贵的种姓与低贱的种姓之间的鸿沟，就是森严的封建等级的差距，而代表这种封建传统和制度的，是那个暴虐可怕的父亲。他不仅是专制的一家之长，而且还是一个作威作福的族长、"社区的领袖"；他不仅要在家庭的范围里施展他的淫威，而且还要在村子里、社区里充当秩序的代表，主宰和决定别人的命运。他先逼迫和他属于同一等级的波阿利·山克尔弃绝他唯一的女儿，然后又破坏了波阿利·山克尔侄子的婚姻。这就引起了受害者的报复。在波阿利·山克尔一手安排下，这个专制家长的儿子赫门达被蒙在鼓里，娶了一个出身低贱而且有过不幸经历的女人库松。真相一经暴露，代表了封建传统和等级观念的专横的父亲当然就要逼迫儿子休妻。在这里，婚姻的真实情况与封建传统的冲突显然要比《孔雀东南飞》中更加严峻、更加水火不容。《孔雀东南飞》中的刘兰芝贤淑勤劳、知书达理，本身并无瑕疵和差错。如果说，焦仲卿被迫休妻的根据在叙事诗中描写得并不充分的话，那么，赫门达面对的现实就严峻得多：他所爱着的妻子的确出身低下，还有过曲折的历史。这样，泰戈尔就把自己的人物放在一种尖锐的矛盾中，让他在激烈的冲突中证实他爱情的勇气和力量。

在文学史上，描写爱情自由与封建主义矛盾的作品大都是以悲剧为结局，追求爱情的青年人对那强大得可怕的传统势力，往往不敢进行反抗，或者只进行了消极的反抗。《弃绝》这个短篇则不同，它描写了青年人积极勇敢的反抗，主人公在他心爱的妻子和家长的命令之间进行了选择，他选择了妻子而公然违抗了家长，也就是维护了他的爱情，而与传统的观念、封建的等级、家族的体面进行了决裂。他最后一句话是坚定而有力的，表示了一种积极的叛逆的精神。这两篇作品、这两个主人公的差异，当然不是偶然的，叙事诗《孔雀东南飞》产生于中国封建社会远望不到头的漫漫黑夜，这个短篇小说则产生于二十世纪残留着封建关系的印度；焦仲卿是一个天地狭小、见识有限的孝子贤孙，而赫门达则是一个在资产阶级文明化的大都市里念过大学的现代知识青年。

这篇小说篇幅不长，容量却不小，有对爱情之夜动人情景细致的描绘，有对历史故事的倒叙，有对不同人物心理活动的深入刻画，有对整个事件发展过程完整的再现，为此，作者必须运用高度浓缩而富有表现力的语言，他还必须把故事情节安排得高度集中而又精练，这里的确没有多余的话，也没有不必要的情节和场景，显示出作者把他作为诗人的才能运用到短篇小说创作上的本领。

四月的人

[法国] 罗布莱斯
金德全 译

作者简介

　　罗布莱斯（1914—1995），法国著名作家，出身于阿尔及利亚一个工人家庭，早年生活贫困，20世纪30年代开始参加工人运动，反对殖民主义，第二次世界大战中，投入了反纳粹的斗争并获得军功勋章，战后，支持世界民族解放运动与阿尔及利亚的独立战争。

　　二十四岁时，他就写出了反映罢工斗争的处女作，战后重要作品有《城的高地》《蒙塞拉》《这就叫黎明》《四月的人》《艰难岁月》等等。1973年，当选为法国著名文学机构龚古尔学院的院士。

　　"我喜欢这样的人，他好比4月时节的果树，还不知道结果如何。"

——勒内·夏尔

　　一架巨型"星座"客机在东京羽田机场降落，世界旅行社承办的这趟空中之行共有七十一名游客，他们在舱门外迟疑了一下，鱼贯走下舷梯，两个空中小姐在笑脸相送。

天下过了雨，大片积水映照着阴霾的天空。游客们被引到手续厅。手续厅里凉快得很，窗户上端安着冷风机，正在嗡嗡作响。

游客们得知，英国使馆来了专员，向英国来客（人数最多）致意。还有一位荷兰的外交官，也来欢迎该国的唯一代表，一个阿姆斯特丹的富商：他身上背着望远镜、照相机、各种附件，他的罗马帝王般的阔胸上横七竖八都是皮带。

游客中间只有四名法国人：一对巴黎的新婚青年，一位画家亨利·伽凡，还有玛特莱因·吕贡。

世界社举办一次竞赛（设计壁画，用于巴黎分社的大厅），伽凡夺了标，他们提出空渡美国、加拿大，或者空渡日本，供他选择。他选了日本。玛特莱因·吕贡也突然拿主意参加这次旅游，她是巴黎"奥兰杜"画廊的经理，画廊的业主是她的情夫哈丁（他另有一处画廊设在纽约）。

伽凡下飞机时的感觉像是借着别人的身子，思想也用着陌生人的脑子。手足不自主使他别扭。他心想洗个时间长些的热水澡定能消除这样的不自在。手续一完，他就往外走，穿过一列接游客的新闻记者和摄影记者，满脸不痛快。

"替我拿着包呀，"玛特莱因说，"让我把这份玩意儿对付完。"

坐了四十二小时的飞机，她依然显得清新，拿得准自己的妩媚。伽凡知道她喜欢别人的眷注。像她这样年近三十八岁的人，脸蛋照样光洁而像少女，很使他欣赏，只有透过由表及里的目光，嘴角的一些倦态，才看得出生活的分量。

哈丁会怎么想，如果他知道自己的情妇与伽凡，一个战后一直在他手下的合同画家，一起飞来日本。当然，要是玛特莱因想和这个小伙子相爱的话，丝毫也不必来到世界彼端另找床铺的。

事实也是如此，一路上玛特莱因的举止完全以伙伴自奉，态度始终如一，两人之间从不杂有丝毫暧昧。至多是在卡拉奇小停的当口，玛特莱因暗示过她比伽凡大七岁什么的，话里话外的矫情，无非显示一个有了些年纪的女子，知道自己仍旧美丽，仍旧令人动心而已。总之，伽凡上路前担心过的胡来，她一点也不曾有过。

唯一的是非出在曼谷（在那里休息一天，匆匆忙忙逛了一趟市区）。玛特莱因一味要伙伴把某寺院室顶的图案描下来，伽凡调皮地买了一张明信片，那些图案都在上头。他瞧见玛特莱因嘴唇一拧，显出他熟知的愠色，脸上便傲慢得像被开罪的女王。

当天晚上她和荷兰人范·盖达斯一起出去，伽凡在一个舞厅里瞥见了他们。

第二天上了飞机，她声称度过了难忘的一宵，伽凡不明白这句话应作何种解释。玛特莱因对待艳遇，素有临场不怯的名声，有机会就上手，哈丁即使七弄八弄知道了，也从来没有半点流露（哈丁就像从前的戴着大面罩，架着厚眼镜的阿伽·汗[1]）。

一直被摄影记者纠缠着的这批游客，登上世界社的一辆大客车，伽凡与名叫麦克·克林特尔的苏格兰人坐在一起。麦克·克林特尔这次来日本，似乎专为进某些入浴场所，找一些专业女郎伺候他。他把记事本上详细誊录的地址查了一遍，谈起他的打算时馋涎欲滴，发白的眼睛，窄溜溜一簇小胡子，一抽一抽的嘴唇，使他一看就像毛手毛脚的色鬼。他还希望买到一套特种画片，是一个当海军军官的朋友向他推荐的。

汽车穿越一片新雨洗后的乡野（广阔的绿色平川中，缀有一个农妇鲜红的衣裙，令人赏心悦目），来到东京的市郊。美丽的直立的招牌使伽凡入神。十字路口都有嬉戏的儿童。一位老人小步蹒跚，胁下夹着雨伞……

"噢，亲爱的，我们得吃一吃燕窝。"那位年轻新娘在伽凡身后说话。

"吃燕窝要到中国，亲爱的。"

汽车拐过弯，靠近一座长长的高架桥，停在第一饭店门前。伽凡是先下车

1　阿伽·汗，印度亲王，回教教主。

的一个。麻木的感觉已经摆脱，他这才体察自己到了日本，离朋友，离画室，离巴黎，相距几千公里。飞机的奇迹，十三天以前，他还在加工自己一幅涂满浅灰色、浓褐色的画，此刻一想起来都还心里痒痒的。他现在确确实实已经置身东京，他内心生出一阵焦灼，不禁想：这一番新的经历，将会使他得到些什么，失去些什么呢……

伽凡洗罢澡，一头栽进床里（旅行社的日程安排当晚"自由活动"），电话把他叫醒了。接待室告知他有一份信件刚到。要送上去吗？不用，不用，他马上下楼……他突然急于想出去走走，混迹到日本人中间去。

他起了床，冲了淋浴，着忙穿衣服。隔窗望得见一片现代化的高楼，上面矗立着放射光明的巨大招牌。空中有一个红黑两色的牵线气球，曳着长幅的广告带，飘飘荡荡。

这份信件突然使伽凡起了疑窦。他在东京无一熟人，信是谁写的呢？他梳了头，系上领带，一切"齐整"了。他决定当晚便去找个女人，在巴黎，他对众多的情妇动辄生厌。她们总好像把和他的交情看得很重，还往往不免流露，而这时他自己正想断交了。他的乐趣主要在于征逐，进行勾引的游戏。

他走出房间，踏进走廊，一下子停住了。他前面正看见范·盖达斯从玛特莱因房中出来。他心想："他们真不浪费时间！"他等荷兰人踪影消失，这才走向电梯，这个小发现使他发乐。

在庞大的第一饭店，开电梯的都是系红围裙的小姑娘（这一位带着漠然的表情，正如一般成天忍受着无聊的人一样）。使他与玛特莱因接近的东西，就是她像他一样，热衷于纯粹官能的享乐，也就是说，绝不涉及丝毫"爱"或"恋"的情感。关于这一点，他们之间不时还作俏皮的交谈，然而并没有因此使他们成为情侣。毫无疑问，这正是因为他们太明显地属于同一种类，只想索取，不想给予。再说"委身"二字，在玛特莱因那里，会有什么含义？伽凡知道她在生意上刀枪不入，精明得不讲廉耻。在她最初经理"奥兰杜"的几年里，出过一件事，几幅冒充于特利奥[1]的赝品差点使她罹祸。幸亏哈丁得到消息从纽约及时赶到。她受的教育不多，直感甚于聪明，但是能干得像鬼，使美术爱好者们受迷弄，受她摆布。然而，她那几乎像男性的精力虽说如此充沛，但她偶尔也露出倦色，显得脆弱。不管怎么说，伽凡的饭碗是她塞给哈丁的，她替伽凡争了很沾光的合同，也是她，替他办了 1953 年在纽约和费城的展览。伽凡的走运毫无疑问是从此开始的。伽凡并不将成就单单归结于自己的价值，而是认为大大仰仗了玛特莱因的信赖和坚执。

电梯停在底层。小姑娘心不在焉地行了礼，她的白手套很大，像米开·莫斯戴的一样。伽凡说："谢谢。"[2] 这句客气话，他是在一万米的高空，从西贡到冲绳途中，在世界社送的小会话手册上学来的。

邮电室和银行间都有人挤在柜台前。一个日本老太太，穿一件淡紫的和服，上面缀着金黄和碧绿的花纹，使伽凡赞叹。来信是用法文写的：

第一饭店，致

伽凡先生。

先生：

今有阿田和夫人借学生假三会会馆举办书画展览，阁下系巴黎绘画巨擘，如蒙垂允参观，实乃不胜荣幸。

此致

敬意

片山礼子（小姐）

下文接着有三会会馆的地址，还有楼层的情形，以及展览所在的位置。

伽凡小心地把信纸折好。别人怎么知道他到了东京？是世界社行动失当？乍想起来，这是唯一可能的解释。这时麦克·克林特尔拍着他的肩膀。他穿一

1　于特利奥（1883—1955），法国画家。
2　原文为日语。

身漂亮的帆布衣装，显得年轻了。

"您瞧这个。"他打开一张日本报纸。

头版上刊登两幅游客们的照片，一幅是刚下飞机，一幅是上车之前。有个圆框突出了伽凡，手里提着一个女用包，脸色阴沉，若有所失。

"那上头写的，兴许是说我有点发傻，提着这玩意儿，是不是?"

"哪里……我听一位可爱的女翻译说，好像是……她的眼睛，唷，老弟! 还有她的笑脸! 好像是上面的文字说得好听极了。这报纸的印数世界第一，替您做大广告了。"

不消说，这条新闻可以解释片山礼子小姐的来信。伽凡决定利用当夜的空闲去赴约。而麦克·克林特尔则要他陪去银座大道，尝一场按摩，一提这个，他的眸子便着了火。伽凡谢绝了:

"请您回来传达兴致吧。"

苏格兰人拉了拉上装的领子:

"当然。当然，朋友。"

他刚迈出转门，电梯里就出来了玛特莱因，她很美，穿一套灰色衣裙，料子轻软，裙子绷着略显结实的腰肢，眼皮懒洋洋的，显出做爱后的女性那种得意模样。她眼眶下有紫盈盈的一圈，与唇上涂的胭脂十分和谐。

"您想必休息得很好?"伽凡问道。

话里的味儿使玛特莱因嫣然一笑，她亲昵地噘了噘嘴，这模样可令人随意解释。

"等下干什么，您有打算了吗?"她问。

"有了，展览……"

"这就有了?"

"您呢?"

"我还不知道，范·盖达斯先生已经邀请我，但我不知道具体节目。我是说，不知道逛舞厅好，还是看艺妓好。"

她说话毫不在乎，肯定伽凡不是已经明白她和荷兰人的关系，也是很快就会发现的。世界社的一个译员（左臂戴一个袖套，印有英、法、德、西等国的小旗）在人群之间来来去去。众人围着他，递上各种问题。他一一作答，彬彬有礼，从不间断笑容，这笑容就像他袖套上印的旗子，刻在他的脸上似的。

译员身边出现了范·盖达斯，他身材魁伟，一头金发，刚刮过脸，因此脸上红磡磡的。他伛着腰，在向身体矮小的译员问讯。与此同时，他不时朝玛特莱因与伽凡这边梭溜几眼。那对新婚青年也露面了。他们紧紧挽着胳臂，像一个焊在另一个身上。

伽凡对玛特莱因恭维她的游伴：

"美男子，你的范·盖达斯……而且，从外表看，他真是力壮如牛。"

"你闭嘴，蠢东西。"她温存地说。

他们只在身旁无人的时候才用你我相称，这一层心照不宣的默契，在他们之间生出一种模模糊糊的亲密感。荷兰人也许看出了这个，因为他走近来的时候，神色忧虑，几乎一脸狐疑。伽凡想到此人一定是好吃醋好发作的角色，他笑了。范·盖达斯拽走玛特莱因，干巴巴地同伽凡作别。

外面下着毛毛细雨。迈出宽大的玻璃门，就走进湿漉漉的空气里。顺街沿排着的出租汽车在等顾客，其中有不少是日本装配的四马力雷诺车。伽凡叫车开往三会会馆。他还看见范·盖达斯挽着玛特莱因的胳臂，在扶她上车。

汽车在一条条大道上疾驰。伽凡忽然认出了皇宫的花园，护城壕里满载碧水。他徒然在记忆中寻找克洛代尔[1]《东京内城》中的诗句，就是想不起来。他很不高兴，把脑力不济归咎于疲劳。最后到了三会会馆，是一栋高楼大厦。他在六楼受到一位身穿银绿二色和服的姑娘接待。她笑容可掬，请他签名，签名簿

---

[1]　克洛代尔（1868—1955），法国外交家、作家、诗人。

很大，纸张很厚，是乳白的颜色。他提起一支毛笔，在墨盅里蘸过，仔细地画上自己的签名。在他签名的时候，他明白身后有人在看。他回过身，看见三个姑娘在等他，羞怯地对他微笑。她们穿的是西式连衫裙，他行了礼，说自己曾收到片山小姐的邀请，三个姑娘中最大的一个便说片山小姐正是她。介绍一毕，旁人很得体地闪开，片山小姐便领伽凡参观。

日本的书法艺术使伽凡大为欣然，他听着片山小姐的讲解，十分专心。她讲到平安朝代，这门从中国经朝鲜传来的艺术，在那时登峰造极。她介绍了当代的流派，它们的创新，尤其是在用墨和构字方面。一张长条桌上陈列着书法家们的各种用品。伽凡停了下来，暮地，他的目光既不注意雅致的印章，也没留心细瓷的墨盅，却落到了片山小姐的手上：一只细长而苍白的手，窄窄的手掌，纤纤的手指，浑圆的指甲，现出古雅的美。

他抬头注意姑娘的脸，他居然未从一开场就注意到她的美貌，使他惊讶而且懊恼。她的头发全部绾在后面，小小的、笔挺的鼻子底下，是两片微微隆起的嘴唇，搽着淡红色，眼睛非常黑。她的目光既温柔又自傲。可以看出，她外表虽然温存、荏弱，可是骨子里含着好动的激情，毫不含糊的骄傲。伽凡恭维她的法语，语气中的热情使她显得有些吃惊。她谦虚地作答，说在这方面她有自知之明，她对法语之所以略知一二，是因为曾在巴黎住过许久，她父亲在那里当过神户一家商号的代表。伽凡进而得知，她并不是阿田和夫人的学生，因为这里期望他这位外国画家的光顾，她是被请来当译员。阿田和夫人正好不在，不过马上就会回来。

伽凡一边听她说，一边在心里暗暗倾倒。她领他看一幅挂轴，漂亮的字雨一般洒在镶金框的大幅纸上。

"这幅字可以颠来倒去看的。"她说。她正好呈着侧面，他欣赏着她额角的曲线，还有几乎不搽脂粉的平滑的脸颊。

日本女子的妩媚，他自然早有所闻，可是他忘了她是个日本女子，只觉得愈来愈受吸引，对他骤然降临的，是整个女性美的最动人的启示。同样的内心骚动曾使他久久地伫立在一些人像前面：维也纳博物馆的巴尔玛老头[1]的《少女》、"欧菲斯"里菲利普·利比[2]画的《鲁克雷茜亚·布蒂》。

她领他走向另一幅字，内容是克洛代尔诗句的写意。那些汉字似乎出没在织锦般的轻雾中。

"克洛代尔? 真的吗?"伽凡问着，心里在大转主意，指望找一个说得通的口实邀请片山小姐出去吃饭。

"是的，我译给您听：

　　　天理昭昭，我再躲也是徒然；

　　　客至须开门，焉能违情；

　　　心儿纷摇啊，总得听命主人，

　　　他比我更与我自己贴近……"

她没有片刻犹疑，她的背诗，使诗句添出了细微的震颤，她显然是信口成诵的。

"您对克洛代尔很熟吗?"伽凡好不容易才忍住喝彩的心情。

"会几首……"

"那首《东京内城》呢?"

"哦，每个初通文学的日本人都会的。"

她笑了，不好意思。伽凡转向另一幅字。这幅字像是浮泛于一泓静水之上，一平如镜的水又像是覆盖着一床河沙。字从水底泛起，使劲浮出水面，由浅灰而至乌黑，色凝而平滑。片山小姐译了出来：

　　　五月有骤雨，

　　　滂沱成大河；

1　巴尔玛老头，真名为雅各布·尼格雷蒂，意大利画家。
2　菲利普·利比，意大利画家，"欧菲斯"在佛罗伦萨，为意大利著名美术收藏馆。

伶仃两小屋……

"这是装饰壁龛用的，"她解释说，"对，壁龛，每家门堂里的。一般放一扎花和一幅画，或是这个，表示安宁和顺。"

伽凡一幅一幅看过来。这里，通幅只是一个字，扭扭曲曲像一条负伤的龙，或像夏夜划过天际的流火。那里，像是水草，再过去又是独立一字，一块乌云，凄怆的幽灵，这桀骜不驯的、纯粹的符号，像是在作神秘莫测的启示。

"这个字是什么意思?"

"表示'哀莫大于心死'。"

"既是真情，又叫人伤心。"伽凡用说笑掩饰自己心乱。正在这时，校长阿田和夫人到了。不免一番寒暄，片山小姐的翻译也是官样文章，并不起劲。阿田和夫人看来六十开外，目光虽然老钝，但是洞察幽微，使伽凡手足无措。说不定她已经看出，他对美貌的女译员的关心，胜过了对展览的艺术品的兴趣。不过，她脸上的表情没有丝毫恶意，仅仅在眼睑的皱褶中，在她的笑容中，有那么一点隐隐约约的戏嘲。她谈到书法艺术的起源和发展，谈到一件平安朝代的微型刻帖，只有三十平方毫米大，已有一千年的历史，据估计价值在一万美元以上；又谈到让·高克多[1]，说他有一幅椿庄町写的题为《托马斯·曼的遗言》的字。然后宾主就话别了。不过片山小姐在深深鞠躬的时候，问伽凡是否能识路找到电梯。

"哦，不!"伽凡说。

"我送您……"

"我明天还来。"伽凡热情洋溢，听起来当然像是展览使他十分有兴致，"明天我游览以后还来。"

"您明天游览哪儿? ……哦，对不起，我太失礼了。"

1　让·高克多，法国作家、法兰西学院院士。

"哪里话！游览日程表是在饭店大厅里贴着的。我们要去游览镰仓，还要去托马斯·洛开特，就是那个叫'锦荣乡'的小岛……"

"那叫江之岛。"她说。

"随团行动太可惜。"

"您说什么？"

"我是说和其他游客一起游览不太有意思。我喜欢一个人走，不过这么做我有很多不便，得有一位……一位导游……"

他们到了电梯门口。等电梯的还有别人。很显然，谁也不对他们这一对打量。伽凡知道这正是日本人最可贵的知礼识体的表现。这时片山小姐在开动脑子，她的秀逸的脸蛋紧皱着，就像在设法解决一个极其重要的事情。

"我有个朋友，是年轻教授……他要是有空，我想他一定高兴陪您。哦，他会让您随兴玩的，您爱怎么着都行。"

"太好了。他会说法语还是英语？"

"呵，这不会！"

电梯停下了。他们又让它开了。

"我也许，"她说，"可以一起去。我很愿意让您把镰仓的景致一一赏识过来。我替我的朋友和您当翻译吧。"

"非常感谢，这当然太好了。不过，"他斟酌着字眼，"倘若明天你可以抽出空来——我自然求之不得——那么，何必再劳驾贵友？"

"我可没他懂得多呀，就叫您瞎转啦。"

他们定好钟点，约定第二天早上在第一饭店大厅见面，然后就分手了。载着伽凡的出租汽车在路上疾驰，司机仿佛明白顾客的心情，在大道上横冲直撞，一会儿挨上电车的前挡，一会儿擦到卡车的护板，似乎在和伽凡分享心中的兴奋。"就叫您瞎转啦"，而不是"会叫您瞎转的"！这就是允诺。这就是说，她要一个人来了。皇宫花园又在眼前了。这次，克洛代尔的诗句一下子涌上心间：

"我脚下是整个城市，我脚下是整个世界，颤巍巍的世界，万家灯火的夜晚……"

真是万家灯火的夜晚。建筑物上亮着巨大的招牌，光焰闪烁，直射云霄。招牌上闪烁的光彩忽明忽灭，颜色和图案瞬息生变，一朵朵耀目的火花又上又下。汽车一个急拐绕过一辆三菱油槽车。"只要她明天不来，我就自杀！"伽凡心里爆发了一种从未有过的情感。

饭店的大厅里有一幅世界大地图，上面标着各国首都的时间，伽凡在地图下头看见了麦克·克林特尔。苏格兰人一见面就请他去喝一杯。他很扫兴，按摩的情形使他失望。按摩女郎替他卸了衣服（那很带劲，他承认），她自己也脱光了，可是留下一条三角裤。居然禁止碰她！他刚把手伸上去摸她胸部，她就大喊大叫起来。

"妙极了！她喊了人！您明白吗！真怪，是不是？莫非她拿我开心？"

"可能的。"伽凡心不在焉。

后来，他陪麦克·克林特尔上一家小馆子吃饭，吃了虾肉煎饼、生鱼海菜汤。

第二天，电话照伽凡隔夜关照的时间把他叫醒。回饭店前，他曾在几个夜总会转了一圈，味同嚼蜡。在游艇舞厅，他把麦克·克林特尔扔给一个漂亮的伴游女郎。这个舞厅就在第一饭店近处，门面装饰得跟一艘游船一样，带着大烟囱、甲板的游廊、牛眼舱洞。舞厅里有支乐队，装在一块平台上，在各层舱面上下升降，逢到表演就停下来伴奏。灯光半明不灭，空气暖洋洋的，处处都有人跳舞。各层凭栏都装饰着救生浮筒，女招待一律照歌舞喜剧中的小水手打扮，美貌姑娘比比皆是。陪坐在麦克·克林特尔桌上的那位，温馨模样令人想入非非，日本大画师笔下的名姬荡娃就是这样的形象。苏格兰人说出了傻话："我只当自己要耍一个还是处女的疯姑娘。"

电话又响了。有人在大厅候见伽凡，不过来的人是新闻记者，距片山小姐约定的时间还早。饭店的这个角落静极了。伽凡起身，从门缝里捡起《日本时报》，在头版下方看见一篇谈论他的文章。几行文字客气地称道他的"分色布局"，说他的艺术在于"把真加以改造又不失其真，不失其内在的光照"。

伽凡知道是些老生常谈。他冲了澡，刮了脸，用香水搽了一遍多毛的胸膛、健跑的长腿（他以前确实练过长跑）。然后他心神焕发，蓦地发觉自己的全部心思都转在片山小姐身上。"我总算还没有烂到骨子里。"他这么想道。然而这阵热情遭到了自己的揶揄。一时间他审查着自己的心灵，就像在观察一套新房间，对自己大惊小怪的情形，一味想加以嘲讽。不过他知道，和别的女人在一起，他从没到过这种地步：孤独的感觉完全无影无踪了。他查过皮夹的钱，走出房门，心窝里像装满了接连碎裂着的小皂泡，隐隐约约觉得黯然神伤，很难受似的。"但愿她一定来，上帝，但愿她不改变主意……"此刻的时间似乎凝结，成为黏糊糊的一团，像一个槲寄生上的大浆果。此时的感觉好像浮沉在虚无之间，哪怕死也无妨，也成了乐事。他走到电梯跟前，突然想起隔夜坐在汽车里的冲动："只要她不来，我就自杀。"他温和地对那个戴白手套的姑娘行礼，真想抚摸一下她的后脑勺。姑娘的脸神色黯然，冲着他，然后又对他一笑，乖巧得像个孩子。到大厅他就看见两个记者，都是小伙子，戴着眼镜，背着相机。

他请他们共进早点，他们只要了一杯果汁。提问立即开始：

"您最喜欢的画家是哪位？"

"阿西波尔多。"伽凡脸上一本正经，像个主教。

这一答，引起一阵尴尬的冷场。两个中更年轻的一个笑了：

"阿西波尔多？是那个用蔬菜、水果、贝壳画成人脸的意大利艺术家吗？"

"正是……"

伽凡是挺喜欢逗人玩的，可是那个小伙子却像在认真对待，说话就得当心了。小伙子很开朗，很客气，对库尔贝、玛提斯、高更都很内行，谈得头头是道，不落俗套，天知道派他来的报社是不是有意逗人玩呢。不知怎么一来，话题转开了，扯起了日本的春信、歌物、国真、广重、北斋等等大师，第二个记者一直不停地记录、拍照。

突然，伽凡看见片山小姐进来了，穿一件蓝灰色的连衫裙，戴一顶同样颜色的贝雷帽。他连忙向两个记者表示歉意，迎上前去：

"是您呀，您来啦。"

"不是我们说好的吗？不是吗？"

看见伽凡的失态，她先是吃惊，接着又觉得有趣，对他这种礼遇又暗暗欢喜。两个记者知趣地打过招呼，都走了。伽凡把姑娘领到自己座上。

"您非常美……"

他真想对她说，她一在，他心里那个非常旧非常深的伤疤就打开了，他相信一辈子也治不好了。她问他隔夜作何消遣，他说他在等待她，为了打发时间，他遛了几个夜总会。她突然问了一句："记者怎么回事呀？"这倒并非伽凡的话使她难堪，而是因为她在话外听出了内心的痛苦，听出了急于摆脱痛苦的煎心燎肺的激情。

"我们聊了高更，也聊了北斋……这个小记者招我喜欢。他的样子很快活。有过这种时候，一见别人快活，我就盯着不放……"

他一摇手，像是不许把他的话想得太坏：

"那是在我生活可怕的时期。不，不是因为穷。穷我受得了。最可怕的是：内心的厌烦，干什么都'没意思'，心里空空如也，画布使我索然无味。画布上死气沉沉，对它有问无答。"

他低声说话，她则望着他，似乎不是在听，而是在看他的嘴唇吐话，一动不动地身子向前伛着。她轻轻探出手，碰着他的手指，他们一动不动地像被一条绳索连着，就这样呆了好几秒钟。邻桌刚坐下几个世界社的游客，偷偷觑着他俩。伽凡毫不在乎。年轻女侍们也对他们颇为留神：

"来，"礼子[1]说，"该走了。别忘了告诉一下旅行社……"

他们站起身子。伽凡在递来的账单上心急火燎签了字，便撵上姑娘。就在这时，他才看见玛特莱因站在世界大地图下方，注意着他的举动。她沉着脸，神态像在梦中。电梯里又出来了一些游客。伽凡朝世界社的领队走过去，脸色苍白、剪平头的小伙子听到他的顾客不准备参加白天的游览，便啧啧出声，表示他的礼貌：

"今天上午可是游览东京呀，下午要去镰仓，还要去江之岛。您可不能错过啊……"

"绝对不会，"伽凡说，"我晚上开始就随团活动。"

他看见玛特莱因在盯着他，心中大为不快。他连一点客气的表示也不想递给她，就去撵礼子了。礼子在门外等着他，浅色的连衫裙衬出她的可爱身子，风儿拂着裙摆。她大概是感觉到他已走来，只见她扭过身来，冲着他笑。伽凡顿时如癫如痴地想要搂她。这时，一辆出租汽车轻轻滑到他俩边上，车玻璃闪耀着阳光，看不清司机的模样，司机却仿佛知道他们俩的命运，这才从容而至，来帮助他们完成似的。

公园入口有一座硕大无比的青铜佛像，有一些残疾军人在行乞。他们身上穿着白褂子，有的脖子上有矫形板，有的腰上带着人工器官。他们还是头戴军帽，倦怠的脸上依然不失傲气。乳白的云间洒下强烈的日光，照着群山层岭，使公园的树木有一种过节的气息。

礼子挨着伽凡，虽然鞋跟高，走路却像累不倒的样子。他们游过一处髹红漆的美丽寺院，走完一条肃穆的通道，站立在一个饲鸟的老汉身边。付了十日元，老汉便启开一个鸟笼，放出一只金翅鸟，鸟儿行过一块平板，跳上几磴小

1　即上文的片山小姐，片山礼子。

阶，用喙拉开一个小祭坛的门，跳了进去，又跳了出来，样子相当可爱。金翅鸟衔着一个小小的封套，封套上系着一条红缎带。它蹦上栖架，抽出一小方纸片，纸片上写的便是求卜者的吉凶。伽凡算出自己是个多情善感者，恋慕美物（礼子嫣然微笑），不过，他"务必铭记爱情是个阴阳天涯：半边温柔乡，半边铁石崖"。至于礼子，则是个温柔种子，天性依人，不过务必留神某个劲敌。

"一定是我的科长，"她说，"他就是容不得我……"

说了这句玩笑话，她自己笑了。伽凡喜欢看她笑。她在一家塑料工厂当秘书兼译员，工厂的产品远销美国和一些南美国家，主要是智利、秘鲁、乌拉圭。

"那您一定也会西班牙语了？"伽凡问道。

她会的，是在法国的时候学的，她父亲每年不是带她去比尔堡，就是到巴塞罗那，他在那儿都有业务。她父亲认为西班牙人与日本人很有相似之处，比方说，天性骄蹇，崇尚荣誉，还有如出一辙的冷酷。照他说来，西班牙人和日本人都善于久久压抑愤怒，会让它爆发于一瞬之间，情绪变化之暴烈，往往置人于死地。而且他们对待女性的态度也很少不同。西班牙人从伊斯兰时代起留下了女性对男性的绝对服从，这情形和日本不是非常相似吗？

他们坐车去江之岛。司机被关照去海滩边的一家小咖啡馆等候，他们俩上了桥，桥那边就是海岛，岛上一片惊人的葱绿，跟陆上竟然一样。过桥时先付过桥费。风在他们头上摇曳树枝和高高的棕榈，峭壁之下是一小片浅湾，有一些玩着球的泳装姑娘。大海绿如碧玉。有些小伙子躺在木板上随波逐浪。伽凡又一次感觉自己不仅远离自己的家土，而且远离着自己本人，好比自己从一具旧壳中蜕出，在身后留下了一个不复辨认的造物。

在这个四月的早晨，在日本的江之岛，他第一次懂得：死亡这东西不仅事关别人，在他身上也一样担着，纵然如此，他是可以幸福的。他和礼子踏遍小径，爬上岛的顶巅。出售纪念品的铺子比比皆是，供应游客五色缤纷的赛璐珞玩具、开关的装置都非常机巧复杂的木制小盒、各种尺寸的玩偶（它们有发硬的头发，可爱的笑容像日本儿童一样）、油纸灯笼、好些智力玩具（比如有一种圆球，用许多木块拼成，可拆可装，而装拆过程使人大费心思）……伽凡送给礼子一个玩具娃娃：穿着红色的连衫裙，系着金银丝绣的腰带，俊逸的面容使他倾心。

礼子谢了他，说："我叫她小亨利君。"

她的举止那么端庄，使他不敢伸手扶她的胳臂。一次登高的时候，他大了一下胆子，仿佛是为了搀她一把，他一下子觉得她挨住了他，那么温存，那么依人。日本真好，就像是他人生中的最后归宿。这些小岛，这些海滩，这些山峦，在人世沉落之后也会长存下去，而他今天贪婪地赖以滋润心田的幸福，也许也会有一些与它们一起留传的。

他们坐进一家俯瞰全岛的小饭馆，附近有点像巴黎的"月亮公园"[1]。绿叶丛中可以望见一座铁塔。饭馆的店堂凌驾着一鳞裂崖，地板缝中可以看见脚下的海水，白浪拍击黑岩，岩石上长着不屈不挠的小棵树木。一些渔夫头戴宽大的箬帽，在起伏不歇的水面上垂钓。空气温和，白云滚滚而去，不停地向南飘。

饭中（菜是带壳煮的牡蛎、海菜汤、煎鱼……），伽凡向姑娘问了一些萦绕在他心头的事情：从昨天在东京，到今天游横滨，他发现日本的人口那么密集，日本人的情况究竟怎么样？新中国的样板，对日本的工人有何影响？对妇女呢？礼子说，日本现代的少女和少妇已经打破了许多成见，无论是父母还是当丈夫的，都只能听之任之。一个女工绝不会穿着传统的和服去上班，或者穿了木屐，怕赶不上车而在路上奔。在工业化的大都会中，旧礼教，即"女子大学"，强迫妇女接受的三从四德，已经代之以男女平等。再加上，还有外国书籍与电影的影响……比如，二十年前，美国影片结尾的接吻镜头，在电影场里还要引起骚动，而今天的观众就安安静静看下去了……

1　巴黎从前著名的游艺场，现已不存。

上过饭后果子（有一种叫"纳西"的多汁的梨，味道却很平淡；还有葡萄加香蕉片，交替穿在一根竹签上），伽凡作了几幅速写，画下了阳光照耀中的这罅断崖。

巉岩之间，横着大片大片的暗影。一枝松树，扭曲得千奇百怪，树盖就像绿绒一般，俯瞰着无底深渊。

午后，他们参观了东京美术博物馆，不过，在雕塑馆、陶瓷馆、文物馆、绘画馆一个个看过之后，礼子露出了倦色，伽凡抱歉不迭，说他对她不知爱惜，而她客气地直说不对，末了他们便坐车到了一家茶楼，一边听歌女用三弦自弹自唱，一边呷绿茶，就着盐渍的苔菜。

入夜，伽凡要送她回家，她说她要和一个有汽车的街坊一起走，"我和他说好八点钟在第一饭店那儿碰头的"。礼子答应明天再来和伽凡会面。她去请个假。替一个像他这样正被各报大飨读者的外国名人当导游，她的经理会答应的。

伽凡剩了孤身，他走进第一饭店大厅左侧的酒吧，在一张小桌子旁坐下，要了一杯金酒。这一天使他心旷神怡。一种舒心畅意的忧恬使他回味无穷，他一动都不想再动，哪怕是挪挪地方。他要在这里坐到天亮，要在这里等待姑娘。他要等待她像曙光一样重现。她会用目光羞答答地寻觅着他。他要一动不动地从远处注视她，注视又娇又弱的她。末了她会看见他，会笑吟吟地向他走来，那么清澈的笑，她的笑会驱散一切阴霾。

在他出神的时候，玛特莱因与范·盖达斯走进了玻璃大门。伽凡漫不经心地望着他俩。只见荷兰人和女伴说完几句话，就朝电梯走过去，而她却点燃一支香烟，动作悠然活像戏台上的功架。然后，玛特莱因朝伽凡扭过脸来，他这才明白她从进门就已注意到他，只不知因为什么，她装作没有看见他。

"不打扰你吗？"她问。

"你说什么话！"

"抽支烟?"

她显得神情不定,两条腿一会儿并拢,一会儿又开。

"你和你的小娘儿们玩得不错吗?"

她的声音有点不自然,伽凡拿定主意不乱说话。他只叙述游览情形,似乎玩得固然有趣,他却并未放在心上。可是她却不由分说,模样很古怪:"这姑娘很使你动心,你得承认。我无意中注意了你,你那时脸上变了样……"

其实玛特莱因的神态也不同寻常。伽凡为了打破尴尬局面,也问她一天玩得怎样。她三言两语说完她的游历,大大夸了一通镰仓如何漂亮("可惜我们一起去的人太多。这帮英国佬,亏他们素称寡言少语,叽叽喳喳没完没了。你倒是料事高明,跟你那个当艺妓的货色躲开了,没跟大队人马")。伽凡不动声色。玛特莱因不耐烦地一小口一小口猛吸烟,他问道:

"范·盖达斯怎么样? 还那么周到吗?"

"我没有什么好挑剔的。"她的话音带着一点讥嘲,伽凡还是不明白该作何讲。玛特莱因常有这类令人猝不及防的表演,他一时总是弄不明白原委。

"好极了。"他亲热地拍了拍她的膝盖。

范·盖达斯回来了,正好撞见他的动作,可是做得若无其事,他向他俩凑下身子,和颜悦色地提议一起去共进晚餐。他的眼睛深处闪烁着一种直愣愣的然而又使人茫然不解的火光。金黄的长发掩住了他的壮实的脖颈。伽凡很有礼貌地谢绝了,说已有别人请他。

"那就下次吧。"范·盖达斯向他伸出赤迹斑斑的大手。

接下来的几天中,伽凡没有一次参加世界社组织的游览。他跟礼子遍游东京,逛遍了东京最有意思的地方。

他们走了不少市场、公园、寺院,参观了一所艺妓学校,还有一个教少女从事花道的场所。伽凡懂得战争虽在日本造成很多毁灭,可是日本人民特有的一种诗情却仍然完整无缺。每天晚上回到饭店,他都带回许多玩物、挂轴、面具、瓷器……他为此必得添买一个大大的提箱。礼子始终高高兴兴、生气勃勃地挨着他行走。有一天是礼拜天，他们来到日光，日光的寺院、宝塔、花园，使伽凡画兴大发，作了好几幅水彩。他们也到过箱根，那是富士山下的一站。火山的尖顶矗立在光洁的天空，闪闪生光。这时的富士山，一点不跟传统图画里的一样，而是凌空直跃，显示着一身壮魄：威风凛凛，浑然似当初刹那之间披光戴火地诞生的模样。

礼子在这些漫步之中讲述了她在巴黎度过的童年。她到法国是在 1946 年春天，她十岁生日的那一天。她记得起念过书的中学，在中学里的许多细节。1951年回日本以后，她还和一个女同学久久通信。在她叙述往事的时候，可以暗暗听出某种乡思。

一天晚上，伽凡接受了一群日本画家的邀请，他们几乎个个都在巴黎住过，所以个个都会说些法语。其中有一位甚至可以说不少有趣的方言俚语。礼子因为替他们作过引线，所以也去出席。除她以外，只有两个女性：一位是居停女主人，另一位是某画家的夫人，六十上下年纪，穿的和服是暗底衬浅红色花的料子，沉沉的，很豪华。

伽凡品尝了"胥基亚基"，那是一串薄薄的牛肉片，烤好了放在每位宾客席前的。饭后，饮毕酒，大家又请他观赏一席传统歌舞。一名艺妓表演了一出悲情传奇，她只凭面目轻微的变化，也就是嘴唇不可觉察的张弛，眼皮的上下，竟然曲尽情感。在她雪白如瓷的脸上，显露出压抑的激情，激情从她心底升起，变成了嘤嘤的怨诉。两支灯光照着她，她的每个动作都很缓慢，都有讲究，用少女的怨嗔之态，演尽了人世的全部痛苦。

然后大家谈起了巴黎，谈到巴黎的画廊，谈到"奥兰杜"和其中的画，也谈到"奥兰杜"的业主，大腹便便的哈丁，他不仅趣味很精，生意经也一样精。大家又对正在摸索与传统形式决裂的新日本绘画讨论很久（伽凡刚到这里时，已经得空欣赏了室主人的藏品，其中包括了日本大部分当代艺术大家的作品）。大家也谈论了战争，谈到东京受过的轰炸，然后话题又拐回巴黎。伽凡非常感动的是，据说在日本首都焚于大火的时刻，这些人还在为巴黎担忧。

伽凡回到饭店，在大厅里看见了玛特莱因。酒吧已经关门。时间已经很晚，一半的灯光已经熄灭。柜台后面有几个守夜的职工，世界大地图下方有两三人在喁喁细语。

"这么晚了，你还没睡？"伽凡问。

"我真有点心神不定。"她回答，"我刚回来。我想等一小会儿，再回房间。"

她的话有点断断续续，她的目光直勾勾地望过来，并不落在他身上，却像是紧眺大厅的尽处，凝视着阴影中的东西。伽凡留起了神，想道："她在等我。干吗演这出戏？"

"简直是再也见不着你了。"玛特莱因点燃一支烟，"你痛快吗？"

"很痛快。你呢？"

"我……"说到这里，她吸了长长一口烟，"我可腻烦……"

"大队人马出去，一定……"

"哦，不是，"她脸有厌色，"是别的事。"

她仰脸朝天，脖子搁在靠背上，天花板上的灯火有点阴森森的，照在她的脸上。她一动不动地呆了一刻，拿烟的手停在脸旁，一枚大戒指在手上闪光。

"出了什么事？"伽凡问，"是范·盖达斯吗？"

"这个人……你可不知道！"

她的口气虽然带着讥讽，但又像并不计较。不过伽凡明白自己不可以此自解。玛特莱因这种态度使他愈来愈起疑心。

"你不妨说说……"

她略略坐正身子，装模作样抚抚头发，然后一笑，这一笑似乎为了抵挡伽凡的讥嘲：

"你想想看，他说要娶我……"

伽凡认真地注视她。她又佯作满不在乎的模样，倚在靠背上仰脸朝天，两腿交叉着叠在一起。香烟衔在她的嘴上，青烟在一动不动的空气中袅袅向上。

　　玛特莱因看见伽凡一声不响，只是把身子伛着，两手握着垂在膝间，她便问道：

　　"能不能听听你的想法？"

　　"我的想法？是关于他的求婚，还是你的回答？"

　　"两个都要。"

　　她那么全神贯注，似乎连他发出来的声音也要掂量一下。伽凡立起身，坐到另一张靠椅的扶手上。他想："她等我原来是为这个。"已经是半夜两点半钟，他困了，对什么都没有兴致，"而且我最恨替人出主意了……"不过，他还是答道：

　　"你别让我猜哑谜……要么你爱他……那你就准备结婚，我就去参加婚礼；要么你不爱他……"

　　"我不爱他。"她微微一笑，似乎稍稍松了口气。

　　"那还有什么好说的？这种事情，了结的办法几乎千篇一律。你要是不爱他，说声再见就是了！"

　　他觉得这样的神聊简直可笑。莫非再说一说哈丁？选择无非是二者之一：要么你爱，要么……她无疑觉察了他的不快，只见她摇了摇头，满脸失望：

　　"你别胡思乱想。我的意思是想叫你知道，范·盖达斯不是那种扔得开的男人。"

　　"对他直言不讳不就得了。"

　　"我已经试过了。"

　　伽凡又来了精神，他想到玛特莱因破天荒遇上了一个不好摆布的家伙。

　　"打发他走可不容易。"她一直笑着，"我觉得，他多情，甚至，你都不能想象。"

"谁说的?"

"你去不去京都和大阪? 你是不是和我们走完全程?"

他还不曾想过,这一问出其不意。世界社组织的全程一直要把游客送到长崎,后面还有十天时间。然后,在离开日本前,还能在东京逗留二十四小时,接着就去香港、澳门、马尼拉。他要是随团行动,就意味着与礼子远离。玛特莱因这句简单的问话使他也堕入二者之一的选择。他与礼子的友情已经日甚一日热烈,他是很有数的: 直到现在,他从未起过与这位姑娘造爱的主意,这在他心目中不啻一种象征,表明他已经种有情根。须知礼子的肉体是非常令人垂涎的,换了别的女人,伽凡早就要为所欲为。所以,这一次,他显然在另一种征逐中享受幸福。

"你怎么不说话?"玛特莱因问,"你不会打算留下吧? 那姑娘不至于让你这么晕头转向吧?"

这种尖刻言词使伽凡心乱。这么说,他的一切都已诉之于形,所有的游客都已经对他的艳遇有所议论。他耸了耸肩:

"你怎么想……"

"那有什么说的,你想怎么干就怎么干。"她坐直身子,连衫裙的前胸开口裸着她的脖子,还有很大一块三角形的鲜艳皮肉,非常媚人。

"那当然……当然……"

他若随团行动,就能略略后退,把自己看看清楚。他对礼子的感情实在太强烈,他觉得简直已与自己的心律共上下了。

"日本的女人把你们男人迷得这么快。"玛特莱因仿佛置身在遐思之中,说道,"至少,听说是……"

"得了。"伽凡不胜烦倦。

"你还没对我说,你陪不陪我们去?"

"我跟不跟你们去,有这么要紧吗?"

"我想，"她似乎有点冲动，"你在的话，能帮我甩掉范·盖达斯。我被他烦死了……"

"嗬，是这样……要我当救命草？"

"你笑就是了……他叫我害怕。"

"有这种事！"伽凡笑了。

她点燃了第三支烟。打火机的火光映出她脸色紧张，眉心紧蹙。

"你不知道他，我原来也不知道。"

"一个'黏糊'，我的倒霉的玛特，真好玩！"

他乐了起来。

"一个醋鬼……"她说，然后隔了几秒钟，"他还吃你的醋呢。"

伽凡滑稽地把两臂一张：

"我要是你，我就叫警察了。"

她立起身，莫名其妙地打开手提包，又啪地一下关上。

"你还没对我说，你决定如何？"

"呵，我跟你去。"伽凡摸住她的手，"我跟你去。不光是为了去玩，而且是为了替你当扈从骑士……"

"傻瓜。"她一下子温柔起来。

伽凡和礼子看了几场"能"[1]和"歌舞伎"的演出。姑娘常给他解释剧情，为了不扰乱邻座，她就须凑上他的耳朵，伽凡则微微向她侧着身子，他有时触及她的腮帮，觉得舒心惬意的快感。他自己也奇怪，像他这样历经肉海的人，竟会学中学生的样子偷求无邪的快乐。他有把握，礼子会乐于当他情人，可是他知道，他们俩一旦有了艳举不会没有下文，不会不缠绵弥深。他们看的戏，最使他入迷的是戏中庄重的做工和色彩出神入化的和谐。有一次，一个演员身穿蓝

1　"能"系日本一种民间歌舞表演。

底子上缀有红白两色花纹的戏装刚一登场，伽凡就抓起礼子的手，紧紧按在胸上。他一辈子也忘不了此刻的激动，只觉得模模糊糊一种肉感遍布全身。礼子与他四目相对，她把目光躲开了，有点不好意思了，但她含着笑，也许她心中有数，知道他的激动和她不是没有关系。

游览团去京都前一天的下午，伽凡得去东京某大学作一次报告，礼子当他的翻译。听众主要是大学生，也有一些来宾，其中有请伽凡做过客的那批画家中的大部。他的报告实际上只是一个不拘形式的介绍，谈谈欧洲绘画的新流派。伽凡每说一句，礼子就翻译一句。他们并肩站在讲台上，面对一张桌子，桌子上盖了一块大布，拖到地面，因此伽凡每说完一句，就可以暗中踩一下姑娘的脚，表示关照。这种孩子气的举动使他着迷，表明他们心照不宣，互有默契。

他还没向她说他要动身，或者不如说，他们谁也不提这件事。日程表贴在第一饭店的大厅里，这十天来，她天天早晨上那里与他会面，不会不知道分手的日子。她希望伽凡留下吗？她总是那样小心守礼。报告会结束的时候，一个学生代表全体同学致了谢词。他说道，要创作，就要拯救和平。"多一些艺术作品吧，少一些杀人凶器。"他声音庄重，语气激愤。掌声之后，大会向伽凡送了一件舞蹈女郎的美丽雕像。

这个晚上，礼子邀他去家里做客。途中，伽凡坐在车上一言不发。此时此刻，他知道生活在他已成了何种奇迹。世界围绕他的生活运动，他凝望着世界，好比凝望一台稀奇的、与自身脱节的布景。

"这是我们最后的一个晚上。"姑娘在他身边喃喃着。

他握住她的手。这样，她知道他要和游客们一起出发，已经决定走了。

"啊，不，"他心里比外表更激动，"等我一回东京，我们就立刻见面。"

他差一点想说，在他回来的时候，他只有几个钟头的时间了。可是，这个考验说不定是必要的。也许，他们俩都弄错了自己的感情。

"你们的游程中有奈良，这是个非常美的城市……"

她对他说开了奈良，奈良的寺院、奈良博藏的珍贵的雕塑以及奈良大公国里自由牧放的牡鹿和牝鹿……

他知道，在这个时候，正像在别的一些时候一样，他可以抱住她的腰，搂在怀中，贪婪地吻她，而这样的亲吻将使他刻骨铭心。伤感在煎熬她，她忍藏着：也许这还是她年轻生命中的第一遭伤感。她说着话，汽车在一条长长的马路上驰行，路旁全是店铺，张挂着经年不变的旗幡。来去的车辆风驰电掣。有时候，店面的光明，或是耀目的广告，倏地投在姑娘的脸上，随即又换之以黑影，她突然在黑影沉默了。伽凡不愿使他们之间加深沉默，便问道："右边，是条河吧？"

"是条运河。再过去，便是涩谷车站……"

这些细枝末节其实无关紧要。伽凡只是想装得自然，来克制此时此刻的恼人的忧思。"我真蠢，"他想道，"干吗要走？"他又握住姑娘的手，但这一回，她轻轻把手抽开，像是为了使自己更加自持，她的目光移向飞一般向后退去的五光十色的街景。

可是，略过一会儿，司机在迷宫般的街巷中转了向，她就得替他引道。车停了一下，他们向路人打听了，终于到了一堵遮雨的门墙前。门墙上铺着圆瓦，两端尖耸向天。雨下了起来，伽凡和礼子在大雨下奔完一条大石板铺成的小道。

伽凡在屋前脱鞋。片山先生殷勤出迎，照法国习惯向他问好，表示欢迎。片山太太也接着露面，她的温柔笑容和礼子的一样。在壁龛上，有一幅好看的湖畔春景的照片。在台阶上，插了一把鸢尾草，花瓶和锦杯一个模样。林间，屋顶，传来淅沥的雨声，更使人倍增亲切。

"有您光临，我们十分荣幸。"片山先生说。

他的法语说得相当自如。

"我希望，小女的导游没有太扫兴吧？她有那么一点喜欢卖弄。"

伽凡大声说不，说得一腔诚心。他在席上坐下，发觉母女二人已经不在室内。有一会儿，他听到一架竹漏在响。积满水的竹筒敲响一块石板，接着，翘起来的时候又敲响另一块。这两下低沉的声响，就像整个雨夜一样，令人怆然起感。

片山先生的嗓音略显沉闷，他说他羡慕伽凡是个画家，他早年也动过笔，创作曾给他带来从未再有的快乐……

"不创作也一样快乐。"伽凡热情地说，"爱也是一种创作，一种追求……"

片山先生微微含笑。

就在这个时候，伽凡才发现他以为宽敞至极的院子原来很小，四下不远就是围墙。由于树木和竹丛错落得当，才使人生出深宽的幻感。门廊下挂着一个蟋蟀筒，另一边悬一口瓷钟，钟摆之下连着一长条金色纸板。

"夏天可听蟋蟀唱歌，"片山先生跟着他的目光说，"秋天有了风，可听瓷钟。至于竹漏，便是冬日和雨天的事了……"

在日本，伽凡处处发现人与自然的这种融合，使他叹赏。他觉得非常惬意，似乎摆脱了全身的重负。树丛后面有截灰墙，被屋里散射出去的光亮照着，好像强有力地抵挡一切不幸，使死亡灰溜溜地隔在彼隅，空为一具厌物。

空气中有一种树叶润湿后的幽香，沁人心脾。伽凡望着片山的脸。他从哪儿找到这样宁静的面目？他的两颊平滑，像上了年纪的妇人，他的脑门苍白、坚实。外面，雨愈下愈猛，抽打着长长的树条，灯光照耀中就像一柄柄长刀。眼看就会发生一些什么。伽凡全神贯注倾听着竹漏发出两下响声。他想告诉片山：他还在孩子的时候，就悟到了生命总有终了，那时他浑身着了火似的只想反抗，他觉得自己成了一种说不出名字的背叛的牺牲。这时，一阵忍俊不禁的笑声引他扭过头去。片山太太捂着嘴吃吃笑着进来，后面跟着礼子，一个面目全新的礼子，穿着一件蓝底缀金花的和服。这是荡心动魄的露面。姑娘显得小了，而事实上也是，因为她少了一截在市里穿的鞋上的高跟。她因此更像孩子，更娇弱，又更妩媚。她的脸聪明美丽，笑容可掬，那是调皮得意的笑。

"您真可爱。"伽凡说。

"您别对她美言太过了。"当父亲的笑说。

　　礼子捧过一个盘子，里面装着酒杯。她跪坐在桌旁，显得有点绵弱的那种古色古香的娇媚。她显然在以扮演传统的日本女性取乐，眼睛里闪烁一丝戏弄的光。每次上酒，她都略略欠身。片山太太跟着端上菜来，在各人面前放下红漆的盘碟、盛着海菜汤的汤碗。谈话自然而然说起了巴黎，说起巴黎奥端侬的某套公寓，片山一家曾在那儿住过多年。

　　半夜时分主客分手。雨已经停了。月光从云间泻下，照在树叶上、墙顶上，像一层薄霜。

　　伽凡向主人一家道别，片山先生把他送上大道，让他便于找到汽车返回饭店。四下里似乎一片空旷。难得有几个路人徘徊，只见他们小心翼翼穿越水洼，或是一下子落入黑暗之中，消失了踪影。

　　第一饭店的侍者一大早便把游客的行李堆集在大厅里。游客们三三两两从楼上下来。年轻的法国夫妇每人脸上都挂着一样的天真的快乐。愣头愣脑的麦克·克林特尔也在电梯中露面，直奔兑币处。伽凡高兴地远远向他打过一个招呼，便在一个大封套上写好片山家的地址。这地址是礼子给他的一张名片上有的。他想到应该把地址抄在记事本上，可是这时麦克·克林特尔抓着一把钱跑了过来。

　　伽凡送给片山夫妇的是一幅他在箱根画的水彩，送给礼子的则是一幅江之岛上的写生，上面有她本人，背景是巉岩和大洋。两幅画用两张硬纸板夹着，交给了饭店接待处，当日早上便会送出。他给隔夜招待他的主人写了几句客气的话，又给姑娘写了封信，向她致谢，用词很有分寸，怕万一之际好让当父母的过目。信末，他在自己的签名之下画了一小幅风景，衬托一只拖着长长卷尾的飞鸟。

　　"好漂亮！"玛特莱因在他身旁说，"不太遗憾吗？"
　　她穿了一件蓝色连衫裙，非常清新，脸上打扮得十分仔细。

"你真带劲，"伽凡说，"告诉我，你的求爱者，你是怎么甩掉的。"

"真不容易……"

他们坐在酒吧门口，要了咖啡和果汁。

"闹得凶极了，"她说，"我想他不会跟我们一起去了。"

"已经这样了?"

"不过他没我不能活……男人总是前三后四的。"

她笑着，露出她的牙齿，狠狠地闪着光。她从手提包里掏出小镜子，脑袋左右一摆，使头发蓬松松鼓起，那神气完全是故意卖俏。

"我对你说吧，"她接着说，"他还把我臭骂了一通呢。"

"真的?"

伽凡对她的故事很有兴致。

"他以为，"她又说，"我拒绝他，这里面与你有不小关系。"

"那你就告诉他呀，我实际上是打算替你俩祝福的呀……"

她的笑容停止了。她关上手提包，拿起和果汁一起送上的点心咬了起来。

"不管怎么说，我的美人儿，这倒是个忠心耿耿的人……"

"那倒是，不过叫人受不了。"

"他干吗想到是我不让你嫁给他?"

她做了个含糊的动作：

"他这么想就是了……"

伽凡沉吟着看她。她确实美：两片嘴唇有点厚，两只眼睛又大又冷。但是他对她没有欲望，而且，就在此刻，他明白自己为什么对她没有欲望。她纵然如此妩媚，但他知道她冷酷，她的笑因此总带有洋洋得意的讥嘲。荷兰人的爱情从来不能打进她心坎深处的不毛之地，那里是干涸的，不能接近。任何热情飞向她，就像雨水落进沙地，都要失去踪影的。她爱享乐是为了享乐，也许，她正是这样回避了人生中人人都向自己不断问及的一切问题。

游客们坐了一辆大客车，直到中央车站。车站里已经有一批日本游客在等着，是和他们一起去游京都和奈良的。这批人数目不多，二十个左右。

玛特莱因在月台上张皇不安，不住地扫视四周。伽凡因此知道她说范·盖达斯叫她害怕的话并不假。范·盖达斯究竟是个什么样的家伙呢？

世界社包用的两节车厢又舒服又漂亮，软座的靠背都是可以调节的。玛特莱因一上车，顿时就安定不少，她对一个日本旅客嫣然一笑，那人就邀她靠窗坐下，她答应了，用手向伽凡轻轻一扬，似乎抱歉这样抛下了他。伽凡与麦克·克林特尔并肩坐下。火车开得很快，蒙蒙细雨笼罩着原野。车上的女侍在中间过道上来回递垫子，送冷饮。头顶上嗡嗡地转着大风扇。

伽凡醒来的时候（他打盹了很久），看见玛特莱因和她的日本旅伴正谈得热火朝天。这日本人四十年纪，干瘦遒劲，颇有骄矜之风。他的眼神又狡黠又镇定，显然是猎艳老手。他穿一套藏青色薄料西装。他剪着平头，脸上有一道隐隐的淡红色伤疤，从腭下直贯耳边。

麦克·克林特尔本来一直在读世界社的旅行指南，这时把书扇了一下，仿佛闻了一下什么，然后叹了一声，说：

"瞧我们的女伙计，她采集美男子，是不是？"

"嗨，"伽凡觉得他的口气很有趣，"追求女性自由是件大难事，不过吕贡太太是个老追手了……"

"了不起的女人。"麦克·克林特尔说，"我从来没像现在这样恼恨自己长得丑……"

去京都的路程很长。一过名古屋，车上就送来纸盒装的冷餐。麦克·克林特尔唠叨着他在东京的失意和失望。伽凡没在听他。他在想念礼子。同是这个时刻，昨天以前，她已经到了第一饭店的大厅。等着她的伽凡，每次见她迈进玻璃大门，心头便觉得呼呼地急蹦着。上帝，他多想要她呀！

在京都车站，扩音喇叭里向游客们表示欢迎，同时又用日语和英语报告被命名为"希尔达"的飓风一小时后就要抵达该市。这种精确程度使麦克·克林特尔觉得好玩，他的小胡子得意地一跳一跳。

几辆汽车分别将游客送到京城饭店，这座奢华建筑立在山上，壮观的美景因此尽收眼底。京都坐落在万绿丛中，四周包围着青山和秃岭。空气清澄至极，所以景色一一入目：琉璃瓦的屋顶，有些树丛里赤红点点，在极远处，一条条淡红的土地之间，有一片草场，上面飞翔着一群群的白鸟。

伽凡与麦克·克林特尔同住一个房间。这第一个晚上，世界社照例让游客自行安排。苏格兰人早已声称要去寻欢，他一边打开行李，一边说他有一处寻欢场所的地址。伽凡在冲淋浴。他从淋浴间出来的时候，发觉天已下起滂沱大雨。窗外已经看不清市容，城市裹在烟雾似的厚帘中，不过，偶有几处罅缝，也会露出一座塔、一株树来，看上去仿佛隔了一潭湿气缭绕的水泽。下面马路上积水漫溢，阴沟大口大口地吞噬着，隆隆发响。这仅仅是飓风之尾，它的颀长的龙身在更南边旋游。"希尔达"到了，像火车一样准点。

"真想不到，"麦克·克林特尔说，"在日本，火车站站长还兼管飓风的时刻……"

轮到他去洗淋浴了，他披了一件四不像的睡袍，料子上印着五色彩条，绷紧了他的扁平屁股。

雨停之前是不能出门的了。伽凡开始坐下给礼子写信，可是一写就情意缠绵，使他不满意，都撕了。他见麦克·克林特尔冲完澡出来，便冷不防问他：

"您要是爱上了一个女人，心里难舍难分，或者没有她无法再生活的时候，怎么办？"

麦克·克林特尔还裹着睡袍，露在外面的皮肉又白又瘦。他像一个尴尬的考生，与考官面面相觑：

"在我们苏格兰，哪有法国这般浪漫。我们如果喜欢一个女人，就向她求婚。她只要答应，一了百了。我们一起过日子，生孩子，干活养孩子，末了就进棺材。你们如果有别的花样，您不必教我，教我也白搭。"

伽凡下楼到了大厅。他看见玛特莱因和那个日本游客坐在一张桌上，她叫住他，满面春风，替他俩作介绍：

"这位是小留泽先生，是商船上的官员，这次来旅游小憩。"

小留泽说，他的船在神户进了船坞，所以他在国内兜兜，日本人喜欢这样。跑一趟太平洋之后，能在万绿丛中小住几天，哪怕再匆忙短促，也总是十分宜人的。他操着英语，说得慢慢的，并不斟酌字眼。看他的眼神，既安详又胆大。他显得亲热、自在，还请伽凡一起坐下共饮。他见伽凡注意他脖子上的伤疤，便很简单地说了一个地名："瓜达尔卡纳尔。"

"在海军里吗？"伽凡问。

"在海军里……那时我像你这么大，非常爱打仗……"

他喝了一口酒，又说：

"不扯它了吧……我但愿两位爱上京都，这是个高贵的城市，也令人伤感。京都的美，正如华服盛装的帝后或女君一样。"

伽凡不像小留泽那样当着玛特莱因的面注意避讳，他说：

"瓜达尔卡纳尔是有史以来最大的杀人场之一啊。"

"是的……我那时当舰副，我们运送部队。海上净是尸首，死尸在水中浮荡……"

又是沉默。玛特莱因上身笔挺，两只手紧紧握着，吃惊地打量着他。

"不扯它了吧。"小留泽重复了一下，"我倒不妨提一句这个，主要是在炸弹落进我们船舱的那一刻，船舱里挤满了士兵，顿时血肉横飞。这是 8 月的一天，那天我发觉自己多了一种情感，我以为那是与我格格不入的，而且，我的精神教育一直使我蔑视它的，这便是：怜悯。"

他又一笑，端起杯子，一饮而尽。

后来他再也不提这个话题。他重新介绍京都，既说到京都的三千庙宇，也说到京都的姑娘，京都女子在日本号称最美。他像个恋侣似的谈论京都。他已有五年未到此地，这次报名参加世界社的游览，是为了享受它的多种便利。他还说，他在船上时，每当在大海漂浮之际，晚上常常忆起京都的花园。不过伽凡觉得他的话里更多的是藏着肉体的回忆，只是不便说罢了。

过了片刻，麦克·克林特尔也下楼来，告诉伽凡，说雨已过去，可以出门了。

正在这个时候，伽凡被告知来了东京的电话。是礼子。她从世界社知道他住在京城饭店，她说她想亲口谢谢他送的水彩画和写生。她的声音即使在电话里也是那样柔媚动人，伽凡说他很快就将折回东京，说他不想继续旅行。他一边说话，一边老觉得玛特莱因的眼睛盯着他。小留泽与麦克·克林特尔在攀谈，她则把脸冲着柜台。她注意伽凡的举动，神色不快。

伽凡在京都甩开大队人马踽踽独行。他游览了动人的平安寺，在阳光下，朱红的寺院像火炭一样熊熊生辉。处处是樱树，妩媚胜似女郎。大自然温馨、真朴，与人融然合一。伽凡懂得了日本人为何热爱他们的土地。他在各处花园流连忘返，有时，在两条小径的岔口，他竟立不前，似乎身置化外，心儿跳动着，裹在一个光明、安谧的圆球中央。他想念着礼子，感觉自己的心灵在树枝和流光之间穿行。入晚时，伽凡来到黄金亭边上，久久伫立在童话般的水榭之前，沉思，写生。对岸另有一些游人。他坐在树下。池面上水波荡漾，射出青色和黄色的返照。远处的叶丛里，八哥鸟在啼叫。他顿时如痴如癫，觉得可使时间停驻，世界永存。看着树木，看着坐落在碧水中的夺目的、别具一格的亭榭，他不禁产生对礼子的渴望之情，渴望她的躯体，渴望她的肉体的青春光辉。不占有这么美妙的造物，还谈得上什么大功圆满。他问自己为什么要来到此间，却与她远离。他憧憬一个安静温暖的房间，礼子依着他的身子，那是吞噬一切的、令人万念俱灰的快乐。"我要回东京去。"他立起了身。他的手曾在写生纸上疾驰，画下一些似乎毫不关联心境的符号，事实上他心灵跳荡，觉得世界再也不是那么广漠无垠，那么索然陌生，而是那么贴近，那么真确，那么依人。正在这时，他看见了玛特莱因，正倚在小留泽的胳臂上，他们也看见了他，满不在乎笑着，似乎正要向他显示他俩安谧的快乐。"明天我就去东京。"伽凡心里在想。他看见他俩不紧不忙地隐没在黄金亭后面。玛特莱因的裙子摇来荡去，在大腿上摆得十分肉感。他走出公园，在一个书亭上买了一些明信片，管书亭的是个老太太，细小眼睛，很狡黠。如今，任何细枝末节都有无穷含义：池上的水草，桃红色天空上一只飞鸟，暗苍中踢踏作响的木屐……自从接近了礼子，他的生活愈来愈有意义，变得极其珍贵。昨夜姑娘给他打来电话，这使他激动，这样的激动，除非等她第一回走进他的屋里，使他听见了脚步声，否则是再也不会有的了。他走进邮局，给巴黎几处发了明信片，给纽约的哈丁也寄了一张，然后，他给礼子写了一封信，满纸都是热情。

他回到饭店，很为自己做的事吃惊。他不能马上去东京，他得等一等。他要等待这封信的回音。他觉得自己方才就像做了孤注一掷的事情，好像从独木桥走上危崖，脚下便是万丈深渊……

天黑了。伽凡坐在酒吧间的角落里，盼望礼子再来电话。他一边呷啤酒，一边注意着柜台角上的电话机。每次铃响，他都目不转睛盯着掌柜的举止。这是个灰头发、厚嘴唇、看上去不错的人。

又过了一会儿，游客们回来了，喧喧嚷嚷挤满了大厅。他们游览了故宫，这是伽凡准备明天去的，他们还说到了某某寺院，那里有个大平台，可以鸟瞰京都全城，他们在那儿观看了日落。麦克·克林特尔匆匆忙忙走过伽凡身边，嘴上说："妙不可言，老弟，妙不可言！……"没等说明什么妙不可言，他就不见了。

直到一小时之后，等他坐到桌上，才知道他说的是色情画片，他在一个画商那儿把收藏品的精彩部分饱看了一遍。

在后来几天中，伽凡始终没有收到回音，不免颓丧起来。在京都的最后一晚，他正在酒吧间里，忽然看见小留泽朝他过来，自说要等玛特莱因，先想和伽凡一起待一会儿，礼貌周到地问他是否垂允。他显然已在少妇身边替代了范·盖达斯，但在这层关系中毫不添加任何情感纠葛。他看上去比实际的个子高，浑身都是按捺不住的力气。他的目光犀利过人。他说话总是慢慢的，语调不高不低。他说，他见过伽凡正在写生，若无不当的话，他极想一见手笔。伽凡把手册递给了他。画上曾用彩色铅笔标明了几处着色。

"您作画是为了什么?"小留泽看也没看他，突然问了一句。

"原因很多……"

"可以听听主要的吗?"

难道因为打过仗，小留泽竟变得如此好管闲事? 伽凡想起自己到这里第一个晚上的心声。他的答话有一种自嘲的味道:

"创作，不也就是自己替自己解释人生，一种寄托吗? 您想必知道贺拉斯的希望，他说过:'我不会全都死去，我将有一些会超越死亡……'"

小留泽笑了笑，微微摇头:

"您不太快乐。"他把手册递还伽凡。

接下来两人都不作声，柜台后面藏了一架小收音机，正在播一曲艺妓的清唱。他们听完一曲，小留泽译出了唱词:

"大致是这样的:两人静处一室，远离他人，远离人寰，沸水声更添岑寂。她开言道:'请君一听松涛声……'爱情中神奇的甜蜜，在这几句唱词中包括尽了。"

小留泽说:"您不太快乐。"不知他怎么知道的，快乐不就也在焦灼苦恼之中吗? 他是终日处在焦灼苦恼中的。收音机里这时唱起了流行俗曲:"问君谁能离家乡?"小留泽说，人都想在生活中糅进自己的本能和欲望。他说话的声音很轻，他的手宽大有力，抓着靠椅的扶手。他身上有一种东西显出他喜欢颐指气使，习惯于指挥别人，这也许正是他的干脆利落的言辞，坚定不移的举止吧。后来玛特莱因来了。她穿了一件尺寸特别紧的连衫裙，上身曲线毕露，一对乳尖若隐若现。裸臂上光芒四射，她在左腕上戴一个熠熠生辉的小表，右腕上戴一串金手钏，不住叮当出声。她的眼睑经过了搽画，睫毛是长长的，使她的眼风特具魅力。她很美，而她的美很有些咄咄逼人。小留泽立起身子。她向他伸出手，他在手上冷不防地一吻，然后她扭身对伽凡说：

"您怎么愁眉苦脸的，亲爱的。"

还是这个成规：当着第三者，两人不用"你、我"相称。她的话看来平淡无奇，可是伽凡觉出其中颇有用心。他没有搭腔。

小留泽和玛特莱因走后，他独自待在酒吧间里，剩下的顾客极少，都躲在暗魆魆的角落里。世界社的游客都去观看一场乡村舞蹈演出，伽凡没有去。他要了些烈酒，出神地琢磨礼子为什么沉默。烈酒并未消愁。他知道自己这几天来心中犹如冰冷的黑水一潭，所有的思绪都在黑水四下冻结了。到半夜时分，麦克·克林特尔见他已经醉醺醺的，把他扶回房间。

世界社的两辆客车喷射着燃过的汽油那种刺鼻气味，开进沉睡中的悄无声息的奈良。一到奈良，伽凡的心就浸入纯净的快乐之中：饭店里交给他一张礼子寄来的明信片。明信片上只有"我想你"这几个字，而且是铅印的，叠印在一枝樱花中。唯有署名才是姑娘的亲笔。然而这比一封长信更有分量。伽凡立刻决定要中止旅游，他准备一到大阪就搭火车去东京，不再跟大家去游广岛和长崎了。

他观光了千盏铁灯围绕的春日庙，又看过了东大寺里的巨型佛像。他是第一回随团活动，这些游客的第一要事是忙着拍照，结果无论是风景还是名胜，都弄得无暇细看。

在奈良，无论是寺院还是故宫，都珍藏着数不胜数的艺术品，他明白了一个道理：自从开天辟地以来，人对美的追求，无不为了照鉴自己的心灵。有些神像，沉思的神情间含着笑意，表现了一种不可形容的庄穆凝重，似乎艺术家本身，或是模特儿自己，已经领会了人生的真谛，这使他流连再三。后来他干脆不再理会大队人马，有一次他正走在某公园一排石灯旁立的一条小径上，一件使他激动不已的事情出现了：一个鹿群突然从小径尽头高高耸立的朱红牌坊底下走了出来，黄昏的薄雾正在树间缭绕，一群牡鹿牝鹿自由自在，步履安详，高昂着脑袋，那种对人世确信无疑的气色简直令人惊心动魄。接下来，又复归一片岑寂，林间万籁无声，只有朱红的牌坊矗立在夕昏中，仿佛标志着人与自然之间这一层无边无涯的和平。

伽凡回到饭店，从麦克·克林特尔那儿得知玛特莱因跟小留泽去了神户。这一出走，虽然只有寥寥一天，却遭到游客中的英国太太们刻薄非议，据说——当然是据麦克·克林特尔所说——她们早已对这位法国美人东京以来的举止按捺不住了。范·盖达斯的失踪更增添了飞短流长。麦克·克林特尔拿出新买来的东西给他看：表演"能"的脸具，玉刻和牙雕的人像。

伽凡本想买下一些玉雕，可是因为他在东京的观光全是自费，并未利用世界社的服务，所以身上的钱数大大缩减了。在巴黎启程的时候，兑币处对外汇的发放显得十分吝啬。伽凡在以后的游程中，必须紧缩开支，因为囊中已经所剩不多。

不过，他脱手了几幅水彩，买主是奈良饭店的一个住客，一个秘鲁富翁，此人生着一张干瘦阴沉的脸，像个法官。可是支票要在东京的一家银行兑现，伽凡只能在到达东京后才能支取。麦克·克林特尔见他做了这笔交易，便小心翼翼地问伽凡，肯不肯替他画几幅春宫。专为他画的。他特别希望伽凡把团里那个法国新娘画下来，要画得体态撩人，并且，当然喽，要一丝不挂的。伽凡笑着拒绝了，麦克·克林特尔蹦了起来：

"我又不曾害过您！我起誓，我不是想要……"

伽凡使他放下了心。

第二天清晨，两辆大客车出发奔往大阪。

到大阪的日程是，一俟住处安排停当，就去参观市内的古代艺术馆，然后在市内观光一圈，紧接着是看一场木偶剧。晚上自由安排，第二天就坐火车去广岛。

伽凡决定看完文乐戏（木偶剧）就去东京。他在离开奈良前，已把他的决定通知了礼子。他的信写得有点逾越常情，信末还添了一些小画，喻示他俩在东京、江之岛、箱根以及日光的漫游。

他打听了火车的情形。如果不坐午后的车，就得坐半夜3时的长崎开来的特快。

他正和办事员说着话，看见玛特莱因迎着他走来。她看上去很疲劳，愁眉不展。伽凡跟办事员打了一下招呼，说他过一会儿再来说妥火车的事，然后就向她走过去。

"嗬，你从哪儿来?"

"别装傻了。你早知道了。你跟我来……"

他们在酒吧间坐下，玛特莱因显然心情不佳。

"小留泽今天早上必须上船。"她说，"他要我跟他去他家，不在奈良过夜。他的家在足谷，房子极漂亮。在山上，神户就在脚下。今天一早，我送他上了船……他马上就要启程开往澳大利亚。"

她点了一支烟，像要遮掩她的心乱。

"不消说，"伽凡和善地说笑起来，"你们二位演了一出《蝴蝶夫人》[1]。"

"你可别……"

"区别是，这出新台本中的美貌郎君海军军官是日本人，而温柔的情人倒是

---

[1] 《蝴蝶夫人》，意大利作曲家普契尼的著名歌剧，描写一个日本女子与一个美国海军军官结合，最终又遭遗弃的悲剧故事。

欧洲女郎。这几乎……"

"噢！你闭嘴！"她的声音恶狠狠的，使伽凡大吃一惊，他望着她，她似乎变了一个人，眼前已经不是他所熟知的玛特莱因，她竟变得如此多愁善感了。她压低声音：

"小留泽是个男子汉。是少有的男子汉，像他这样的男人，我睡觉的时候不会生出蔑视的心情。如此而已。我们已经分手，相逢的机会使大家高兴，分手也不牵肠挂肚。"

她闭了嘴，眼睛半眯着，头倚在靠背上。他们听见大厅里已经在关照游客集合出去参观。他俩没有动弹，只听外面熙熙攘攘，酒吧间的门被人推开的时候，声浪便愈显得嘈杂。车开走之后，伽凡说他当夜就要坐火车去东京，不想继续旅游了。

她倏地坐直身子，两眼熠熠发光，面孔笔板：

"不行，此时此刻，你不能丢下我……"

"出了什么事？……你说呀。"

她神经质地把香烟在烟灰缸里揿灭，把头发一下甩到后边：

"范·盖达斯在这里。"

"他怎么样？"

"他昨夜到的。他给我房间打电话，一定要和我说话……要和我单独见面。他有决定性的事情对我说。他说：决定性的……"

她略带嘲弄，又恼火，又害怕。她的眼睛深处映出了这种害怕，就像两颗小石子一样滚来摆去。

"我的天。"伽凡很尴尬地沉默了一会儿，说道，"你不能和他一劳永逸地谈一次吗？你就告诉他，你已经另有所属。你可以说到哈丁，或者随便谁……"

"不行。"她身子向后一仰，她的前胸上有一根青筋在搏动，伽凡不由得注视了一阵。

"你对他这么怕?"

"我绝对不想让他近身!"

说着,她目不转睛地盯牢他,神情很古怪,似乎要他明白:别逼她再说了,别逼她倒出心底的事情,说出什么底细,作什么解释,摊明什么东西……末了,她说:

"你要走,我就跟你走。"

伽凡未作回答。玛特莱因的身上飘来一股暗暗的清香,令人想起京都的花园,想起小溪细流之畔的松柏和鲜花。玛特莱因末了那句话,说话时那种激动的声调,使伽凡起了疑窦。每个人,即使是看上去心思坦荡的人,内心都有一处神奥的、秘密的、难以深入的领域,使人只能徒作表面的揣测。伽凡有些冲动,就像荒岛上的鲁滨孙,在辗转往返不下百遍的岛上,突然发现沙滩上有了人的脚印一样。他在心里寻思,玛特莱因的话会不会是这层意思:"我跟你走,不光是因为受不了范·盖达斯,而且是为了不让你会那姑娘。"后来,他对她说,他将改变一下计划,至少眼下先这样,以后再说。

他们叫了一辆车,在市里兜风。大阪是个水城,市内多河,房屋鳞次栉比,好些盖在水上;大阪如同其他的水城,生机盎然,弥漫着扑鼻的烂泥味、鱼腥味。

伽凡和玛特莱因就这样度过了大半下午,互相不说一句话。到了指定的时间,他们便到了戏院。

在戏院里,玛特莱因坐在伽凡与麦克·克林特尔之间。蓦地,她觉得范·盖达斯盯上了她,因为她突然全身上下不自在,难受起来,似乎血在血管里变凉了。她扭头,果然看见了他,就在四五排后的地方,恶狠狠地注视着她。

戏已经开始,所以她不敢告诉伽凡。说唱演员和弹三弦的,已经坐上台右的高坛。说唱演员是个胖子,光净的脸膛,暴突的眼睛。世界社印发的说明书上介绍他是这一行的高手。舞木偶的演员上场了,都举着大木偶,表情很刻板。一些下手也已准备停当，上半身蒙着黑布罩子。只听琴弦一拨，木偶一个个都动作起来。木偶倏地成了活物，真是神怪，使人忘却还有演员和下手的存在。奢华的服饰使木偶浑如真人，更有它们的动作，那一颔首，那一进一退，配上说唱演员的声音，愈发增强了幻感。说唱演员的嗓音腔调或跟着角色改变：女子、少年、老人，交替自如。或跟着情节抑扬：抒情则抒情，奋激则奋激，他来回模拟角色的情感，时而怒气冲天，时而惊骇万状，或跟着悲伤的人咽泣，或在嬉嘲谑弄中敞怀大笑。高坛与戏台之间的距离已经不复存在，只见活生生的实人实事在表演，这是一种难以置信的魅力，出神入化。

世界社的游客离开戏院的时刻，天已经麻麻黑，他们坐车回到饭店。伽凡看见了范·盖达斯，霎时间，他们四目交射，像电击一样。进入大厅之后，伽凡趁着游客们乱哄哄地往餐厅里拥挤的工夫，在一面镜子里打量荷兰人，看见他神色倦怠，嘴角上有一种萎靡的气息，不过眼睛里闪烁着仇恨。他突然去同一帮人说话，镇定自若，露着笑容，然而这笑容还是惨淡的，看得出是装的，说明他空有表面的快活，啮啃他的却是激烈的苦楚。侧面看去，笔挺的鼻子，宽阔的额头，蓬松的头发马马虎虎梳在后脑勺上，加上干枯的眼皮，使他的神态相当散漫，颇像当夜打了败仗的将军，也像吃了倒彩的歌唱家。确实，这个身躯魁实的快活汉子在痛苦，伽凡知道他的痛苦是什么，不过伽凡并不觉得同情，反而倒有一种心怀叵测的兴致。

他和玛特莱因一起吃饭，她几乎碰也没碰饭菜。暴风雨来了，雷声震得餐厅的玻璃窗打战。这晚上谁也不能出去了，谁也不能利用世界社安排的这几个自由活动的钟点。玛特莱因并不掩饰她的疲惫和不安，不住问道：

"他在看我们吗？他朝我们望吗？"

伽凡尽力安慰她：

"没有，他管都没管你，你瞎担心。"

"他干吗给我打来电话？他干吗想与我见面，和我说话？要说的话我都已对他说过，一切已经了结……我现在讨厌他。我纳闷那时我怎么会……"

激动之下，她失手碰翻了一盘菜，盘子哗啦一声摔碎了。好几张脸扭过来看。范·盖达斯似乎毫无所闻。他和三个爱尔兰人同坐一桌，他们一味地要啤酒，一位腰系蓝围裙的漂亮女侍不住地端上来一个个小圆瓶，他们都喝干了。伽凡只看见荷兰人宽壮的后背，浓密的金发。不知为了什么，荷兰人愈是毫无动作，伽凡愈是觉得"可怕"。这两个字眼像一颗卵石似的在他头脑里滚动着。

吃完饭，玛特莱因说她头痛得厉害，要去睡了。在她走出餐厅的时候，范·盖达斯还是没有动弹。他吸着一支雪茄，和同桌的人有说有笑。

有些游客又去酒吧间了，另有一些围在大厅里的电视机旁，电视里正在演一部日本影片《青铜基督》。

伽凡回到房间，想给礼子写信，把自己身不由己被留住的情形告诉她。细想之下，他觉得玛特莱因的惊怕是站不住脚的。不过，这件事情的种种方面都有些蹊跷，使他仍然不失戒心。他琢磨着玛特莱因话里话外有过的恶意。有一天她说"你那个艺妓"，指的是礼子（他站在窗前，这是饭店的第11层楼，通过耸立在黑影中的两栋大楼之间，可以望见大阪的万家灯火）。他回想起玛特莱因每次见他与礼子碰头时的某些举止。还有某些眼风……那时他从未留意这些细节。也许他错了。玛特莱因的有关礼子的另一些反应，一一闪过他的脑际，他不由得惊诧之至。

大阪的万家灯火黄黄的，颤悠悠的，暗淡的，而远处连着这片灯海的，却是飓风中的闪电：无尽无头的、光耀夺目的闪电，划破长空，照亮奇姿万千的云海，一会儿犹如许多条出洞的蜥蜴，骚乱不安，百扭千曲，凶残可怕，一会儿又像一株拔天大树的枝干，火花四溅，根子扎进了大海的万顷黑涛之中。

伽凡回到桌旁，扭亮台灯，开始给礼子写信。他取出姑娘给他的名片。他预备先写下地址和姓名。突然，门打开了，玛特莱因进来了。可是玛特莱因慌乱失措，全身哆嗦，头发凌乱，光着身子只穿一件睡袍。她张口结舌，胸脯耸起着，激动得说不出话来。伽凡抓住她的双手，她的手冰凉，死了似的。他下意识地冲出房门，用眼睛搜索走廊两头。一切安定。只有电梯门楣上的小灯在淡淡地闪烁。他回到房里，把门闩上。

"范·盖达斯，"玛特莱因坐在床边，说道，"这个畜生……"

她的声音里充满憎恨。

"快说，怎么回事！"

她看了他一会儿，神经质地理着头发，拢上了睡袍。

"你倒是说呀！"伽凡按捺不住了。

"他打了我！这个不要脸的东西！他到我房里来了！他敲门的时候，我当是你……我恨他！他要我说个明白。我叫他滚蛋。什么说个明白？我难道遇到什么人都该说个明白？他对我有什么权利！他爱我！真了不得！这个蠢货！他还要娶我做老婆！他不能没有我！我告诉他我早有贴心的情人！要我嫁给他，除非我是白痴。他就扑在我身上，他有力气……畜生，这个畜生！他打我耳光，狠着劲！这不要脸的混账东西……"

她的声音发涩，眼中含着气愤的泪。她歇了口气，抹了抹脸，动作顿时显得疲惫，令人心软。她又说：

"我总算抓住电话，对他说再不出去我就要喊人。他拧住我的手脖子，但是他听见了接线员的声音，接线员见这边不说话一定在奇怪。他往后退了。你不知道他的眼光！亨利，他会杀死我的……我对电话里说没什么事，弄错了。他就走了……"

伽凡使劲安慰她，她又哭了起来，又愤怒，又委屈。睡袍敞了开来，露出一只美丽的雪白的乳房。外面风暴正烈，震撼着窗户。闪电的蓝光射进房间，把室内的摆设染上一道青色。荷兰人的所作所为使伽凡生气极了。他撇下了玛特莱因，走到走廊里。什么变化也没有。一片沉寂，没有人影。勉强听得见的，只有电梯上下的起落声。伽凡一直走到楼梯头上，弯下身子，也没发觉任何异常。然而他却觉得有人在窥伺。这个感觉使他恼怒。他直奔下楼，走进酒吧间。麦克·克林特尔伙同几个爱尔兰人，都醉醺醺的。年轻的法国新郎、新娘和两个老太太在打桥牌。大厅里，电视还在演，屏幕上正有一个和尚在讲话，身边跪着一个女人。范·盖达斯的踪迹一点也没有。他急忙回身上楼，直奔玛特莱因的房间。房间里乱七八糟。一瓶香水摔破了，一房间的香水浓味。伽凡下意识地扶起一把椅子。这时他如果撞见范·盖达斯，一定会揍破他的脸。他心里愈来愈气。他回到玛特莱因身边，她一直坐在老地方，坐在床边，两手贴在胸上，怕冷似的在等他。他问范·盖达斯住在什么房间。

"我怎么能知道?"她说。

显然伽凡的热心冲动很使她快慰。

"我来问接待室。把电话递给我……"

可是她惊呼一声，反倒轮到她来使劲平息他的怒火了。她站起来，捺着他的肩，她的睡袍又一次敞开，他隐隐约约可以看见她的暖烘烘的身子。

"求求你，冷静冷静。那有什么用? 我不想叫你跟他说话。这一会儿，我已经行了。你把电话放下呀……"

她夺过电话，放回到小桌上。她的神情突然间变了模样。她似乎一下子离远了，像是大梦刚醒，脸变老了，显出了本来的年龄。莫非因为房里只亮着一盏台灯，从灯罩里透出的光线又是那么黄吧。然而并非如此。她的嘴角上出现褶痕，显得委顿，眼中露出颓丧，都是这几分钟才有的事。伽凡说他本来想立刻见到荷兰人，既然如此，那么明天务必找他说话。他说的话是算数的。他对范·盖达斯并无憎恨，而是瞧他不起，所以非要骂他一顿，"当面唾他"，叫他明白。他送玛特莱因回她房间。她光着脚，小步蹒跚，像病后的人，还用双手害臊地扯紧睡袍，未免有些做作，因为走廊上空无一人。伽凡一路大骂这个荷兰人。她示意他低声，等到进了她的房门，她的手搭在门舌上，对他说：

"别跟他计较，我求求你。让他去吧。一切都会了结……"

"不行。我非得找他说话才行。他做的事完全像流氓。我们明天见吧。"

"我求求你，他会跟你拼命的……"

"瞧你说的，我完全揍得过他。"

他说得津津有味，可是她却愈来愈显得疲惫，有气无力：

"噢，你不知道他恨不得要你的命！他会对你……他以为我不肯嫁给他，是因为我爱你。得了，你就冷静冷静吧。不要闹出乱子，行行好吧。明天来喊我。我等你……现在你快走吧……快走呀！走你的!"

她猛一下关上门，啪的一响划破了沉沉的寂静。

夜里没有睡好，伽凡一醒来就给接待室打了电话，要求接通范·盖达斯的房间。他并不理会玛特莱因的央告，也许正是因为她这么央告，他才一定要和荷兰人见面，而且不管惹出什么事也不能再让他去折磨这个少妇。可是，接待室回话说范·盖达斯先生已经去了东京，搭的是半夜三点钟的特快，这就是伽凡本打算乘坐的那趟车。他挂上电话，胸中的一团恶气消除了，反而有点不知所措，若有所失，胸中悻悻然似怨似恼。漱洗一毕，他就上玛特莱因那儿去了。她直到弄清确实是他才把门打开。

房里还是那股洒了的香水味，弥漫在暗幽幽的空间，显得又甜又恼人。玛特莱因拉开窗帘，阳光立即翻滚着投进室内。海港上有几缕青烟袅袅。暴风雨洗净了屋面，使它们闪烁玻璃般的光辉。一些碎云流连在天际，像激战之后的残兵败卒。伽凡说了范·盖达斯已走的消息。她听着无动于衷，打电话要了两份早餐，然后用心点起一支烟。她吸了一夜烟，紫花的白瓷烟灰缸里装满了烟头。

片刻之后，侍女端进了一个大盘，等她一走，玛特莱因就抓起一块饼干狼吞虎咽吃了起来。由于一夜未眠，玛特莱因的腮帮子塌了下去，眼皮有了褶，那种不可一世的、完全在她把握之中的美貌消失了。不过，又轻又薄的浴衣掬出了她的轮廓，凑着晨起的慵态，还是非常肉感的。洒失的香水气味，肉体的甜香，再有乱床上散出的暖意，构成一种气氛刺激情欲。使伽凡感官颠倒的，还不光是玛特莱因半裸的身体和这些香气，而且还有狼藉在几张椅子上的内衣，还有花边、轻薄的衣物，都是那样刺激想象，令人心荡神驰。不过伽凡抵抗着诱惑，他知道自己万一失足，就再也不能脱身了。末了，玛特莱因立起身来，走进了浴间。

　　一个小时以后，他们已经并肩坐在开往广岛的火车里了。玛特莱因显得从来没过的疲倦，打着盹，伽凡第一次发生了对游伴们的兴致。坐在他对面的一位太太不停地纠缠车上的女招待，叽叽喳喳直嚷一份饮料不够凉，所以不合她的口味。她胖胖的，胸脯颤巍巍的，一副俗气模样，谁能想到她竟是好些美妙诗篇的作者，在英国大受中学少年的迷恋。看来她是把内心的明睿都已在诗作中倾注殆尽，日常却只剩下了粗人俗汉的蛮气和活力。稍远，一个男子凭窗而立，正在高谈阔论。他的长脸上有一圈厚髯，浓眉底下，眼睛熠熠有光。在隆隆的车声中，伽凡照样听得见他的说话："……有人说，日本人对死的蔑视别有一格。实际不然，与其说蔑视，不如说伦理价值定得更高。日本的人民，除了西班牙人民之外，是唯一的重视荣誉甚于生命的人民。"他说话有一种哗众取宠的味道，他知道有人在听，有心拿腔作势，手指向上竖，两手向前扬，就像站在一个讲坛上一样。

　　火车开进神户车站。玛特莱因醒了。伽凡问她小留泽的船叫什么名字，心中并没有任何用意。她嗳噜了一下：

　　"千岩丸……"

　　"取的是湖名吧？"

　　"是的。"

　　伽凡想起了另外一个问题：

　　"小留泽怎么不跟我道别？他似乎对我颇有好感，而且我也对他……"

"我们走的时候，他是想等你一下的。"

"那怎么……?"

"是我不愿意。"

这时车又开了。玛特莱因又把头倚在靠背上，闭上了眼睛。伽凡本来还想与她说话，再问问，可是她躲进了不知真假的倦睡之中。由此看来，她和范·盖达斯之间发生的事，究竟如何也很难说。情人和情人之间，私下总有一些秘密，不是要死要活，就是甜甜蜜蜜。玛特莱因和荷兰人这一双，结合只有寥寥几天，看起来曾经非常快活，结果因为他伽凡，当然他自己蒙在鼓里，突然崩裂了。到底是什么过程? 昨晚，在少妇房里，在范·盖达斯发作之前，他们说过些什么话? 他此刻知道他们二人嘴中一定都说到过他的名字。火车疾驰在一片稻田之间，田里有干活的农夫和少女，头上戴着大草帽，水淹过了腿肚子。有时，在两座山之间，看得见远处的大海，海水闪烁，辽阔的天空像一幅被卷腾直上的狂风吹皱了的织锦，颤颤悠悠。

在大阪的时候，跟小留泽一样，有几个东京组的日本游客离开了旅游团。又加进了几个游览广岛、宫岛和长崎的。

车到广岛，天在下雨。从车站看，广岛市似乎并未罹难，这是出人意料的，因为光是这个地名就足以引起恐惧，使人准备着面对伤心和死丧的景象。实际上是因为走在新建的市区，所以看不出任何异象。暴雨洗涮着屋面和路面。行人在逃窜，大多托庇着闪闪发光的大雨伞。蓦地，来到了一处大空地，地上种着新树，在风中摇曳。满目是灰色，灰色之中有一所已成废墟的大楼，楼的穹顶只剩了断裂的铁锈斑斑的钢筋。近眼的地方矗立着一块纪念碑，纪念原子弹的受害者。在这片单调的、空旷的、坦荡得令人绝望的、风雨飘摇中的空地周围，是大片汪洋的水面，使人好像置身岛上。1945 年 8 月 6 日早晨 8 时 16 分，这个充满生趣的城市被火海所吞噬。数也数不清的男子、女子、儿童，在这场不能理解的浩劫中带着惊愕丧生，还有数不胜数的人忍受了强烈的痛苦。伽凡哆嗦了起来。肉体的痛苦，即使是别人所受的肉体上的痛苦，也会叫他不寒而栗，仿佛身历其境一样。

游客们被安置在一家新建的饭店，正对原子弹纪念馆。纪念馆还没有全部落成，陈列着物品、资料文件，还有许多可怕的照片，重现出这场悲剧的真实面目。伽凡注意到玛特莱因脸色惨白地走到一些图片前面，那是介绍灼烧和辐射的后果的。看了一会儿，她两眼噙泪，走到外边的平台上，她的软心肠很使他感动。

从纪念馆出来，游客们就该去观光富岛了。那是离广岛只有几公里的一个小岛，世界社的伴游人员介绍说，这地方号称"内海的明珠"。

可是伽凡得悉有两个日本游客要离团去访问红十字医院，去一处专门收容原子弹受害者的病室，探望一位与病痛相持了十三年的亲友。伽凡向他们请求同行。这两口子是大阪郊外的教师。男的个子矮小，严肃、拘谨、和蔼可亲。女的四十岁上下，戴着眼镜，这使她娃娃似的脸上总带着一点惊诧的、若有所悟的表情。

玛特莱因一听这话就激烈反对。不去游玩名闻遐迩的海岛，却去逛医院，去看一些伤心景象，她简直觉得是瞎胡闹。

伽凡没有听她的，仍和朝日夫妇坐车去了医院。雨突然停了。太阳像是出来报复，照耀着风雨的残迹。阳光洒在河的一隅，山的半侧，像是有意挑中这些地方来招人注目。

在朝日夫妇的表亲的病室里，另有七个女子。医生正在替其中的一个施治，这是个面容悲戚的姑娘。她裸着上半身，胸脯非常美丽，可是乳房下方就是几大片鲜血淋漓的灼伤的创口，十三年来，任何药都未能使之愈合。不幸的姑娘那时还是个幼女，最美丽的青春岁月都是在这张病床上度过的，陪伴她的便是这个毫无救药的苦痛。她面目俊秀，一对细长的黑眼睛跟礼子长得很像，这一想更使伽凡激动，还添上了绝望的怒火。可不是吗，这是礼子，礼子也可能在这个地方，在这间房里，她的身体会为无情的病痛所侵蚀，她的心灵会一样沉浸在焦虑和颓丧之中。他涌出了眼泪，他不想让人发现，而朝日先生走到他身边，触了一下他的手臂，充满善意的动作中饱含着同情。伽凡跟他走到走廊。

隔壁病房住的是一些等待死亡的男子。都是白血病，谁也对之无能为力。他们是瞑目默守，在内心中巡视自身。有人在他们头上挂了一些五彩的花串，稍有风吹便会晃动，滴溜溜打转。这一来平添许多快活气息，却与这些听天由命的躯体和凄怆的眼神格格不入。

朝日夫妇的表亲患的是甲状腺癌，巨大的肿囊使她的脖子不复辨认。她一句英语也说不上来，加上肿瘤的缘故，说话本身就已极其困难。朝日先生当翻译，而他的英语也不很有把握。他转述自己的表亲在 1945 年 8 月，如何刚把三个孩子送去学校，如何正准备上一家铺子（她丈夫当时被征，正在印度支那），当时，她正推开院门，突然，天空中一闪，顿时充满炫目的亮光，四下伴着一阵死寂。她强调当时完全是死一般沉寂。她又说，她一恢复常态，立刻想到了她的三个孩子。她朝学校方向奔去。她的家着了火，左邻右舍的房子也倒了，在燃烧，空中全是飞旋的烟雾、尘土、灰烬，使亮光稍减。她遇见了一个街坊，街坊的脸变得乌黑一团，对她大声喊话，她却听不见。去学校已经毫无可能。街道已经不复存在。一切都已变成熊熊大火中的残骸，处处是火墙，火的障碍，犹如包在一个巨大的火炉中，往前去绝不可能。她不知怎么到了河边，那里已经有了好多人。有些人投进了水中。另一些人筋疲力尽，唏嘘吁喘，躺倒在河岸上。好多人身上都有骇人的灼伤。

她决心要把孩子找回来，但她倒下了，不能呼吸的空气使她陷入了窒息。后来，她在医院里得悉两个儿子已经丧生，只有小女孩保住了命，已被紧急撤移到了另一个城市。她是小学校二百名学生中五个幸存者之一，但也严重灼伤，至今还在大吃苦头。这个女子自己吃了多年的苦头，死亡已在眼前，却还被人瞒着，她竟说得喜气洋洋，令人黯然神伤。她说，等这个"脓包"一熟，就好开刀了，然后就能痊愈，也许就可以重享一些伴随丈夫、女儿的快乐了。

伽凡返回饭店。在蓝天映照下，昔日那所工业会堂的穹顶阴森恐怖，轮廓分明。伽凡自言自语，喃喃着："真是疯狂。"温存的朝日先生听见了，颔首称是。这个世界完全发了疯，无日无时不在加紧丧失人的气味。"这样下去，叫人如何工作、创作、生活呢？"伽凡坐在车上想着。汽车载着他们三个人。山巅上已经出现了零星的灯火。黄昏悠悠，太阳正在西下。伽凡从此再也不会无端地信仰未来，以此来代替希望了。

他想给礼子写信，这时，他发觉她的名片不见了，这就等于丢了她的地址。他找了一阵，没有结果。他忆起大阪之夜，玛特莱因与范·盖达斯大闹后逃来他的房间时，名片是放在桌上的。一定是失落在地上了。

他想忆出她的地址，可是只想出一鳞半爪。

片山一家住在涩谷，门牌是 83 号，路名里边有个"t"，还有个"y"，可是他怎么也拼凑不全了。他下楼到接待室，想要一本地名录或是东京路名大全什么的，结果递给他的是厚厚几大本日文写的东西。替他帮忙的姑娘笑容中略有讪意。他报之一笑，决定当夜就坐火车去东京。他当即办好了车票，通知了世界社的领队，然后走进了酒吧间。反正，玛特莱因已经脱离了危险，旅游团这两三天要去长崎，范·盖达斯大概不会重新露面，而且必要时麦克·克林特尔也可替她充当够格的保镖。

游客们从宫岛回来的时候，已是晚上 8 时。玛特莱因玩得十分酣畅，说她在那边如何如何惊倒：朱红的寺院立在海上，一进海湾便是大牌楼，也立在水上。她兴奋地讲述绿荫中的便道，窄谷中的雾霭，郁郁葱葱的漫长山岬，还有宝塔，在归途中，她在小舟中久久凝望宝塔上一层一层的灯光，那真像一盏顶天立地的美妙的灯台。

"我真不明白，"她说，"你倒情愿去看些可怕东西，会叫你再也睡不着觉的……"

"你放心……我想我还是睡得着的。"他叹了一声,"唉。"可是玛特莱因并不住口。

她在他前面一张宽大的紫红靠椅上坐下,一小口一小口地啜着一大杯矿泉水。宫岛之游似乎又使她重获美貌。新鲜空气使她肤色一新,她身上有一种新的热焰。

"明天早上,你来得及去岛上遛一趟,反正我们去长崎的火车要十点半才开的。我对你说,宫岛是非看不可的。对了,干吗我们俩不一起去?要车很方便,还可赶上头班船,那是去接中小学生上学的……学校很大,都在这岸。我很想再去,和你一起去……"

伽凡仔细听她说话,她声音中的热情颤抖没有漏过他的注意。他回答说,若不是再过几个小时就要上东京去的话,他很想照她的主意办的。

水杯在她手里打转,她目不转睛望着他。末了她问道:

"是因为她吗?……"

"是的。"

又是一阵沉默,接着还是玛特莱因开口:

"你对这事这么认真?"

"我很认真……"

正在这时,麦克·克林特尔走进大厅,在伽凡身边弯下腰,拍着他的肩膀:

"亲爱的朋友,大才子,我们今天的游览,是您错过的最难得的、最妙不可言的一次!这小岛,简直是个娘们儿!有的是温存,有的是美感。那里的空气都叫人快活,真是惊人。真的,到那里每迈一步路都叫您呼吸到爱情。您可错了……亲爱的太太,您得告诉他,他错了!"

他看见两人缄口无言,发觉自己到得不是时候,说声:"啊!对不起!"连忙抽开细腿溜走了。

"你会带她去巴黎吗?"玛特莱因声音喑哑。通过她的眼睛,他又看到了她心灵的暗处，小小的、硬实的、冰封雪盖的暗处。她的嘴唇微微张开，眉毛高高耸起，带着某种表情，好像在静静等待从他嘴里吐出荒谬绝伦的东西。

"我不知道，"伽凡答道，"但是我要和她在一起。"

柜台前，一个秃脑壳的游客正在发表宏论，他竖起手指，招呼大家屏气敛神：

"日本人民擅长色情，趣味讲究……"

"说得好，朋友！"麦克·克林特尔大喝一声，又在那人抬着向上的手中使劲按进一杯烈酒。

"我要与她相会，"伽凡神情倦怠，"我需要见到她……"

他清清楚楚地看见，他的话如同又长又尖的针儿，慢慢地插进了玛特莱因的心底。

　

他到东京的时候，刚过正午，他立刻到第一饭店安置停当。接待室对他说，前一天有人来打听过他两次。那是片山小姐。他的心中充满快乐。不过，想到自己未能把耽搁的情形及时通知她，他又有点懊丧。名片失落的事情，他愈想愈觉得奇怪，不可理解。他想起大阪之夜自己去找范·盖达斯的时候，是玛特莱因一个人留在他的房里。玛特莱因前前后后的举止，在他心里乱成一团，甚至很难衔接了。他知道玛特莱因生来喜欢为所欲为，做坏事也不太在乎。然而他不让自己把她看得太坏。也许，她对礼子的感情，正如一个"色盛而衰"的女子，看见青年少女容光焕发，令人垂涎，不免耿耿于怀。

伽凡走到自己房间，心里还在回想玛特莱因的某些举动和言语。看来，在她身上有一种破坏他人好事的意愿，这种冷若冰霜的意愿，恐怕是因为她觉得命运不公，生活中又有不义，所以想要报复。

另一方面，此时此刻，范·盖达斯必定就在第一饭店蜂巢似的千百间房间之一，躺在床上辗转反侧，咀嚼他的痛苦。伽凡对此并无怜悯之心。他自己眼前是美妙温馨的好事。他已经沉浸在等待之中，其他的一切都不在他心上。只有礼子迎向他、他迎向礼子的时刻占着他的心思。他在想象笑容可掬的礼子，她那充满温存的目光使他与世隔绝，超然独立；使他感觉自己坚强，可以所向披靡；使他身受化外的幸福，无论是时间、生死，都永远侵蚀、破坏不了这样的幸福。

他又下了楼，在接待室留话说他晚上七时回来，然后拿了秘鲁人开给他的支票，上指定的银行去兑钱。取到钱之后，他在邻近的皇家饭店的地下商场替片山一家选购礼物。

他叫了出租汽车，心想至多弄错几个地方，总会在涩谷车站对面找到礼子的家的。他认出了运河、大厦、羽子商店，还有火车站。他把礼盒夹在臂下，信步找去。他走进直插车站的一条马路，因为在这里就可以望见高架铁桥，是记忆中的景象。他信心十足，迈开步子。直到一个很大的十字路口，他才发觉自己迷了路。他折回身子，看见一家酒吧间挂着"可通英语"的招牌，便满怀希望走进去。老板是个矮胖子，开口便说他早年曾在檀香山一家大饭店里主持酒吧。他给伽凡上了酒，弄明白有求于他的事情，便把老婆叫来，一起叽里呱啦了一大阵子。他们问到这位片山君的职业，问到他是否手携蓝色的纸伞，夹个黑皮包，是不是当大主教的，等等。末了，他们承认并不知道有哪个人和伽凡说的一样。他们建议他去警察分署打听。

伽凡穿过一片乱巷，找到了警察分署，又苦等一阵，等来了翻译。翻译是个青年，身肢细软，像击剑的人。他说伽凡提供的标志过于笼统，而"片山"这个姓氏又相当普通，有些像法国的"杜蒙"[1]，这两个名字的含义正好差不多。他说，唯一的可能是得去找邮局里的邮差。

伽凡这才开始意识到自己这件使命有多复杂。翻译仍然一脸笑容，不过绝

1　法文中"杜蒙"（Dumont）按字面意思，与日文中的汉字"片山"意义非常相近。

无取笑之意，对他说，可怕的大轰炸使城市坍废，重建的时候，除了中心几个地段，都没有严格的城市规划。有时连住户自己冷不丁间也认不出自己的家的。所以，有些市民常常在名片背后印上自己住处的简明地图，标明可资辨认的记号。

伽凡无论如何也要找到片山的家。他拿起礼盒，谢过了警察们、翻译，便上路去找邮局。一些儿童围住了他，他们笑着，彬彬有礼。这个洋人情形狼狈，他们都觉得有趣，但谁也没有嘲弄他的意思。一群人走到一个大招牌底下的一所敞亮的房子。伽凡在小朋友们的簇拥和激励下走了进去。迎上一位老太太，不住地鞠躬打千，拍了一下双手，从帘子后面出来了两个姑娘。她们伸手就要接过伽凡的礼盒，好像要替他卸装宽衣。

"请！请！"[1]

伽凡好不容易才把她们挡住。末了，一阵哄笑，误会解除了。他走错了地方，这里是一家很可爱的旅店，名为"青岭饭店"。他于是想让她们明白他要找的是一个分送信件的所在。他模仿发信、读信的样子。回答是，如果要打扑克，路边右手走到头，有个赌场。

"多谢。"[2] 伽凡说道。

说完他就走了。这时阵云滚滚，像被一只无形的手扯着，帘子似的布满天空。伽凡又向一个老人打听，老人见他做了一个把信投进邮筒的动作，大为吃惊，不过，还是领他进了弹子房，女账房很感兴趣地看着他玩了一局，他纯粹是为了不叫在外面观察的客气的老先生失望。

等到他从弹子房出来时，热腾腾的细雨下开了。伽凡看看手表：已经是下午5时。他是否就此甘认失败？他还是走着，不想躲雨。一些躲在屋檐下的人好不稀罕地看着他，他已经被浇透了。暴风雨愈来愈大。密集的雨点抽打着他的

1　原文为日语。
2　原文为日语。

脸。他翻起衣领，免得让水流进脖项，滚进脊梁。他眯着眼睛，在水泽中蹒跚。他的一只手夹紧衣领，另一只手提着礼盒，礼盒的硬纸壳已开始软塌。他只得躲进一个屋檐底下，那里已经有了一个身穿机械师工装的小伙子。四野里空无一人。水流在阴沟里翻滚，大雨倾盆，真是威风凛凛，万物都在轰鸣。

工人摸出一包香烟，向伽凡递过来，伽凡谢过了他。

"您一定是美国人？"那人问。

"不，法国人。"

"您的英语说得非常好。"

"我常去英国休假。您呢？"

"我在海港干活。我是跟海员中的美国佬学的。"

他是个小个子，可是身板结实，体态匀称。他吸着烟，两个机灵聪明的眼睛一眨一眨的。伽凡不喜欢吸烟，烟卷只是在他手中燃着。

"这雨像是不能停了。"他咕噜了一声。

"会下一个钟头，说不定还能下到明天。"工人安详地说。

"倒是挺好玩……"

他们攀谈着，工人说他是造船厂的架工，他有一辆摩托车，撞坏了车叉，所以这天晚上不能再用。他也急着想回到家里，老婆一定在着急。

"当然喽，"他说，"对一个女人，看得那么重，可不怎么好，可是我老婆很标致，我们结婚才三个月，不，四个月了……"

他笑了，这一笑更显年轻，活像个快活少年。屋面上的雨水，在屋檐上倾下，成了一张水晶帘幕。

伽凡想："我也一样，对一个女人看得很重。我从来不曾有过这样的感情，这样强烈的感情。我很明白，万一有一天这种感情消失了，我自己也就荡然无存了，就会仿佛只剩下一具无用的躯壳，毫无价值，毫无存在的理由……"

工人甩出了烟头，一点火星划出一道飞快的红弧，吸引着伽凡的视线。他回头望他的伙伴，知道这是一个自己的同类，可以与之同喜共忧，因为，就凭他说起他妻子的一句话，虽然看来平淡，可是听得出他的爱情和伽凡一样热烈。伽凡问到了他的工作、工资，了解到他是工会干部，是和平主义者，是无神论者。

"这儿的生活很艰苦，先生。失业很多……要养活的嘴很多，可干的活却不够……您明白吗？"

伽凡说他是明白的，他也出身于工人家庭，很久都一直生活在贫困之中。

他们的攀谈，有一种两小无猜的诚挚，非常好。要不是不好意思，伽凡都想告诉这位素不相识的人，说自己爱上了他的一位同胞，就要娶她，真的，他真要娶她，他已经在心里琢磨他俩会有多有趣的对话。

他要对礼子说，他既不懂当地风俗，也不知国际惯例，不明白向姑娘求婚该如何办理。是不是得瞒过女方本人去和她的父母交涉？是不是得像阿拉伯那样纳彩，送一群羊？是不是应该搞一次装样的武装抢亲？……她一定会回答说，最简单的办法是直接跟当事人说，日本的摩登姑娘头脑已经足够清醒，完全可以亲自处理这类事情。好，他就接上话头说……

这时已经六点多钟，雨依然不停，要在这一带找辆出租汽车也不容易。他想到礼子可能已经等在第一饭店，心里随即一热。他向伙伴道别，工人劝他再等一等，但他冲上了马路。不过，去哪儿呢？应该走哪条路呢？我的天，他还得迷路！幸而走运，他又走到了青岭饭店。老板娘认出了他，这一回猜出了他的意思，用电话叫来一辆出租汽车。在等车的工夫，她反复模拟着一种挤牛奶的动作，伽凡大惑不解，怎么也猜不透意思。汽车来了，泥浆四溅，司机会讲洋泾浜的英语，解开了这个哑谜：

"她说的是：雨下得太大了！"

第一饭店里没人来打听过他。伽凡寻思，明天一早，如果礼子还不来的话，他就去举办过书法展览的三会会馆，想办法弄到她的地址，或是她公司的地址。再说，他还可去找在他去京都前招待过他的那些画家。眼下最聪明的办法是在房里坐等。他在大厅里买了两本《艺术》杂志，又要了一本有关花卉种植的编目册子，上面有许多漂亮的彩色照片插页。

他换了里外的衣服，因为雨水已经浇透了他的单薄西装，连衬衫都湿了。洗过热水澡，驱除了疲劳，他感到浑身是劲。外面仍然下雨。伽凡要了一份热茶，不一会儿侍女就端着盘子送来了。已经七点多了。他坐在一张靠椅里，背朝房门，翻着杂志，这时，他听到房门被轻轻推开，知道是侍女进来收拾茶具。他没有动弹，只是说：

"您可以收走了，劳驾了……"

沉默，毫无动静，背后的这种情形使他起了疑心，他蓦地掉头朝后看，是范·盖达斯，两眼紧盯着他，上身微微前倾，双腿叉开，目光冷森森的。他全身纹丝不动，唯有两片素喜饕餮的嘴唇哆嗦着，似乎是欲言又止。

"您有何见教？"伽凡一边用不冷不热的口吻问道，一边站起身子。在一种表面的平静中，范·盖达斯的庞大身躯屹立在房间中心，像是塞足了整个房间，单是这一点，便显出险象，咄咄逼人。

"怎么啦？"伽凡又说。他有点恼火，但他知道这次造访来意不善。在这种情形下，他务必保持最大的自制，避免无聊的口角。天花板上的灯径直照在范·盖达斯的金发上，使他像是戴了一顶帽子。与此同时，灯光也使他的脸变得古怪，颧骨下面、眼睑、上嘴唇都笼着阴影，唯有鼻梁上白光耀人。

"在大阪的时候，您不是找我说话吗？"他终于张开了口，装出很随和的声音。口气中有一种险恶的含意，不过伽凡一听他开了口，就觉得如释重负。既然他不再沉默，这场面上的难堪气氛就消除了。

"您对玛特莱因，"伽凡慢条斯理地说，"有点不像话……"

"您真这么想吗？"范·盖达斯突然操起了法语，稍有点生硬。他的问话没有半丝嘲谑，好像跟着这一问，就会吐出很过硬的辩词，来使伽凡服输。

"您知道我对她的爱情。"他把手插进上衣口袋，衣服料子很厚，上面有铁灰色的粗条纹。

"不错，我确实知道……"伽凡吃了一惊。

范·盖达斯并不挪动身子，只是低头望着脚上的麂皮鞋，又慢慢一仰头，用脚跟站稳。这一来，伽凡开始生气了，但还没有发作。他干巴巴地说道：

"您到底想干什么？"

"干这个。"范·盖达斯把头一抬，两眼炯炯生光，眼睛四周是褪了颜色的睫毛，使他模样凶恶。"您是个画家，喜欢画室里的恶作剧。您明明知道我对玛特莱因的感情，她本人都已经告诉您，我对她的感情达到什么程度，可是您却弄乱她的心，以此为乐。"

"您说些什么东西！"伽凡再也不能自制，大喊起来，"您最好出去。到别处去讲您的罗曼史去。您……"

"不，伽凡先生，您得听我说。您发火了，我看得出来。可是，您跟您那帮同类一样：虚荣、无耻、毫不尊重哪怕半点人的感情。巴黎的一批下流画匠……"

"我要您出去，"伽凡跨出一步，"您动手打女人，还……"

"还能杀死一个男人。"范·盖达斯从右边口袋掏出一个乌黑的东西，伽凡目瞪口呆，乍一眼竟没有认出这就是手枪。真是手枪。这该死的东西跑来这里竟是为了结果他的性命。手枪握在荷兰人的手中，竟像长在肉上一样，像手臂之前接了一截铁制的手指，对准了伽凡，要送他的命。不能再动了，绝对不能动。这样的相峙，一击即溃的相持，使伽凡犹如置身在深渊之上，手里攀的树条已经断了，连最后的一些丝条也在毕剥作声。在他身后，窗户外面，大楼的平台之上，响起了一阵笛鸣。他心中不知怎么突然蹦出了一个念头："我是来日本寻找死亡的。我完了。一切都不能救我，今晚我就要死在东京。这都是命中注定。

我就要死去了……"这个想法像陀螺似的急转，也像一场噩梦中出现的精怪一样飞旋。他倒没有软瘫。他只是觉得事出意外，或者说，惊愕至极，既使他恍惚，更使他痛苦。他本能地摊开双手，似乎准备迎向死亡，接受死亡，或者是在表示他不作自卫，根本不能自卫，完全听天由命。

"我完全能够杀了你，而且，我确实就要杀死你。"范·盖达斯说。

他仍然操着法语，音节生硬。伽凡此刻只觉得憎恶，憎恶自己的生命竟然操之于一个疯子，他的生命，他的梦幻，他的计划，他和礼子的幸福，这一切，竟操之于这个情理不通的家伙，操之于枪机上那个手指的轻轻一扣。

"我一点也不明白您说些什么。"终于，他一字一顿、吐字艰难地说，腮帮子似乎是水泥灌注成的。

"那我来让您明白吧。"范·盖达斯的声音很低，很残忍，充满了嘲弄。

哦，他没有开枪，这是最主要的。只要他们还说着话，那么他，伽凡，就还活着。他多么想活着。他感到生命在跟随他搏动，就像一只美丽的大鸟扇动着翅膀。马路上传来了一阵模模糊糊的喧闹。也许有人正在喊："杀死他！杀死他！"总之不会是"爱他！……"他自身的一部分已经置于局外，房里每一点声响都使他身不由己：空调器的嗡鸣，洗脸台上水龙头的滴答声。他知道第一饭店旁边的高架桥上正有火车奔驰。接着，他的注意力又转向范·盖达斯目中的那点光斑，那点可憎的光斑，仿佛死神就在这个死敌的头颅后面，通过这个窟窿在朝他观望。

"我明白，伽凡先生，您弄乱这个比您年长的女人的心，是闹着玩的，她对您有好感……不许动，否则我立即开枪。不过，在了结一切之前，我既然答应过您要说说明白，我就来说一说。您二十八岁，或者是三十岁。吕贡太太已经将近四十岁。您一知道我和她的关系，您就对她求爱，闭嘴，不要脸的画匠……回到巴黎，在画室里，啤酒店里，你们就好拿这个当笑话说了。到了圆顶咖啡馆[1]，您就可以讲故事，说起荷兰人某某，一路上如何神魂颠倒，蠢头蠢脑，吊在您的女经理裙下。闭嘴，伽凡，我已经听玛特莱因说了一切。我什么都知道。而您却根本不懂我这种人的感情……我四十四岁了，伽凡。战争那年我才二十六岁，流放在国外的集中营里。您走运，没有身受这一切。而我们的美好岁月却……"

"可我……"

"听我说。我回国的时候已经三十岁，身上有病……筋疲力尽。今天我遇见了一个女人。而毁灭我的幸福的却是您，一个牛皮画匠，一个自命不凡的小无赖，一个靠女人养着还不脸红，还……"

听到这里，伽凡忍不住了：

"胡说，她是画廊的经理，我有合同，怎么是靠女人养着！我承认她对我有不少照顾……"

他完全绝望，虽然说了话，但觉得自己的声音是穿不透他们之间的厚壁的，对方是听不进的。可是范·盖达斯却听着，好像听着自己声音的回响。霎时间，两个人一动不动，就像博物馆里的人像，气氛沉重、紧张。他们裹在一团冰水里，寒冷刺透了伽凡的心。

"玛特莱因自己对我说您在向她求爱。您害怕了。您还想……不，不……我完全知道您是个什么东西。"

"我从来没向玛特莱因求过爱。我从来没有碰过她。您可以杀死我，这我没办法。可是您杀害我的原因纯粹是奇谈，跟我毫无关系，即使有关系，也是别人坑了我，我完全不知道。"

"不错，不错……您是个清白人！您这种无赖……那天晚上，您在饭店里找我，我看见您了。您想充当好汉，做到像高贵人物，而现在您却……"

1　圆顶咖啡馆在巴黎拉丁区，是文人、艺术家喜欢出没的著名场所。

他往后退了几厘米，微微欠下身子，像是为了瞄得更准。

"我立刻杀死你，伽凡。然后我就自杀。我孑然一身……你懂吗？亲戚和朋友都在战争中死尽了。如今这个归宿……"

"关于玛特莱因嫁不嫁您的事，我连一个不字也没说过。"伽凡感到要作呕。

玛特莱因的好些表现突然有了脉络。她莫非找了个借口好叫范·盖达斯死心？她莫非利用他当了借口？她究竟怀着什么心思？他神经紧张，像个醉汉。既然已经沦入黑暗，毫无救药，他真恨不得扑到范·盖达斯身上，好叫他开枪，一了百了。他已经不可自持，正在这个当儿，他听见电话铃响了，他抓起听筒，范·盖达斯没有来得及阻挡。是礼子。她就在大厅里。他再也不理会三步开外威胁生死的那个人了。起码在开初的几秒钟里，他完全像是置身局外，脱离了忧恼。手枪的乌口抵着他的心口，他也无动于衷。"是你吧，我的爱，我真高兴听到你的说话。"她问他干吗晚到了，为什么信里说前天就到，结果没来呢？她的清晰的声音使他安定。他说，他本来已经准备好，如同说好的那样，要坐半夜三点钟的特快，结果被事情牵住了身子。他正说着话，感觉到身后的范·盖达斯动了一下，顿时头上一热，汗珠冒上前额。范·盖达斯的声音非常深沉："放下电话。"可是伽凡并不放下。他的手在颤抖，可是他不放下，因为他此刻急于一吐为快的言语，句句都向死神挑战。"亲爱的，好好听我说，你听我说，我爱你，我要你做我的妻子，我要你嫁给我，我要听你说你同意。"她回答说，她同意，她很快活，这声音冲着他升上来，仿佛他已经死了似的。滚烫的汗水一溜一溜地淌在脊梁上。范·盖达斯的手枪顶着他的腰眼："放下电话！"声音显得毫不含糊，同时听得出绝望的声调。与此同时，礼子在问，干吗他不打个电报，把变故通知她？他于是解释起来。他尽量使声音平静自然，好不叫姑娘担惊受怕；他说，他丢失了她的地址，就是那张要紧的名片，很可能就是在大阪那个关系重大的晚上"叫人偷了"。"偷了！"她很惊讶。"我弄不太准，"他答道，"但肯定不会是我自己弄丢的。"

他接着又讲了下午的情况，讲他如何费劲地一心想找到她的家，又如何迷路，他闹不清日本的小马路。他听见她在电话那端吃吃地笑，而他却感到自己手脚发木，胸膛里像装满了灰烬……

不过必须说话。他讲到青岭饭店对他的接待，与那位架工的邂逅，小孩们的簇拥，饭店老板娘的手势。说话，说话，用说话来同近在咫尺的险难较量。唯一的防卫。最高的防卫，就是他和礼子情感交融的说话了。礼子在听他说话，非常激动，她在拯救他，她把他在生死悬崖的边缘上拉住了。接下来，姑娘说，她在等他，他该陪她回家去了，她还调皮地补了一句，说，她要教他认路，把她自己认路的标记指给他看。她挂上了电话，他愣着，只听话筒里咔嗒一声轻响。天呀，此情此景何其荒唐，他真想把身后这个凶神恶煞、这个蠢物掐死。他扭动身子，浑身痉挛，随时准备一粒子弹洞穿他的腰眼、肚皮，可是他决心要试试，博一博，争取最微小的运气。然而，他看见范·盖达斯已经退到靠椅的那一头，手枪的枪口垂向地面。只见他耷拉着脑袋，一定是在心中沉思。伽凡突然记起方才范·盖达斯的手枪从他背上移开的那一刹那。那正是他讲到名片可能在大阪被偷的时候。范·盖达斯又挪了一下地方，神情依然莫名其妙，一脸深思的模样，似乎遇到了意外情形，正在心中回味。他一言不发，他始终脸向伽凡，但在慢慢退向房门，到了浴间那儿，他把手枪塞进口袋，出去了。伽凡贪婪地喘着气，好像一个猛子扎得太久，差一点送命，才回到水面上，胸中还在作疼，耳膜还在发响，太阳穴还是紧紧绷着。他的手机械地擦拭大腿。这时侍女进来了，笑容可掬，问他可不可以撤走茶盘。伽凡默不出声，目不转睛地朝她望，然后又看了看茶杯、银制的茶壶、小糖缸，最后示意可以，叫她请便。

他穿上衣服，走出门，又折回来从床上拿起礼盒，跑向电梯口去。

大厅里，礼子正在等他，她身穿浅紫色的雨衣，脖子上围着一条丝巾。

"亨利，亨利！"她扑进他的怀里。

"我的爱。"伽凡搂着她，一肚子都是激情。他轻轻地、急急地吻着她的额头、眼睛、脸蛋。

"我还当见不着你了呢，"她含着两包眼泪，"我还当你在一个非常遥远的地方说话呢，一个非常远、远得够不着的地方。我后来心都碎了……你的声音都完全变了！"

他领她走到酒吧，找了一个光线够不着的角落，把礼盒递给她："上面有你们日文的姓名，不会弄错。"他到了礼子身边，鲜艳的、可爱的、充满活力的礼子，使他刚才经受的那一幕可怖场面完全烟消云散了。他又解释了一通何以在大阪身不由己地耽搁，又说到了名片，他看出她已经猜出其中包藏祸事，只是出于小心，不想问他罢了。他对她讲到了广岛、在红十字医院的访问，那些不可磨灭的感受。她抓住他的手，两个人就这么一动不动。她说，在这个充满威胁和丑恶的世界上，他俩务必要争取幸福。她还说，不管怎样，人总该相信命运，她说她是很想相信的，只要有他在身边，她就感觉自己有力量。

伽凡把她搂住，又吻了起来。一个年轻的侍女很窘地守立在他们前面，等他们发话。

等到侍女端了两杯果汁回来时，大厅那里不知怎么一来出现了异象。伽凡首先觉察。接待处的人员一个个都像是焦灼不安。世界大地图下方有人在交头接耳。突然从门外进来了一个穿制服的警察，接着又进来两个，都钻进了电梯。

伽凡脸色变得刷白。礼子问他：

"出了什么事，亨利？"

"我不知道。不管怎么样，我们的幸福是任何东西都不能伤害的……"

这后面一句话叫姑娘心神不宁，她不声不响看着他。伽凡尽力朝她做着笑脸。这时候大厅中的骚动有增无已，然而仍然是压抑着的，叫人猜不透。一批穿白制服的侍女聚在圆柱后面叽叽喳喳。

"你在这儿等着我，亲爱的。"伽凡说，"我去打听一下。你千万不要害怕。"

他轻轻按了一下礼子的手臂，便向接待处走去。

"伽凡先生!"办事员道,"来得正好,有人请您。"

"谁找我?"

"警官……范·盖达斯先生自杀了。"

"啊。"伽凡只说出了这一个字。

办事员认真地看着他,拨了电话。报出伽凡的名字,对伽凡说他们请他上6楼,608号房间……

伽凡愣了一小会儿,似乎在追忆已经变得模糊的往事。过后他扭身朝礼子那儿望去,看见她也在望着他,他做了一个手势,表示他得上楼。走进电梯,还是那个系红围裙的小姑娘,他心里不禁想:"范·盖达斯自杀了……"心中不无惊骇。他开始责难自己,他怎么没看出这个人的失意已经到了可怕的地步,"我应该说话的,也许一句话就可以救了他。"这遗憾之情只是空话。他也知道,要与死神争夺一个自暴自弃、烈性大作的人,谈何容易。谁能想到,这么伟岸,这么强健的躯壳之下,竟有这么脆弱的心! 在大阪,他还当是荒唐的吃醋,俗气,粗野……

他们已经等在电梯门口,把他领到608号房间。两个穿制服的警察把着房门。房门是被撬开的,里侧的铜锁头耷拉着。

这房间和他的房间是一样的,同样的陈设,同样的空间。只有天花板的灯亮着。窗玻璃上衬着黑夜,像糊着黑纸。床边站了四五个人,床上的范·盖达斯就像睡着了似的,伏着身子,一只手屈在胸下。他用这个姿势向心上开了一枪。血淌在被子上,浸湿了一块,变成一团深色的污迹。"他竟这样,"伽凡心里想,"他竟这样,为一个女人而自杀,这个女人是根本不配他的……"不过,他对玛特莱因并无怨恨。她只是被扔在九霄云外,好像是一个戏嘲人生的魔障。窗外,一架飞机划破暗暗的天空。一盏灯一闪一闪的,莫非正是范·盖达斯的心,在某处,在这个深渊里,像这样在跳荡吗? 他看见众人都不作声,听任他一意凝想,便转过身子,对他们说:

"有何见教?"

"伽凡先生,"一个身穿湿雨衣的人开了口,"您认识范·盖达斯先生?"

"当然。"

"很熟吗?"

"一般,跟旅游团一般人一样。"

警官立刻在一个蓝皮小本上写了些什么。这是个身子单薄的汉子,光秃秃的脑门上映出灯光。他时不时神经质地一抬手,把滑下去的眼镜扶正。

"伽凡先生,事情是这样的。"

他操着英语,语音语调都很准,却有点过于斟酌。

"死者范·盖达斯自己把自己关在这间房里,反锁上了。侍女听见了一声枪响,就是方才为您服务过的那位侍女。她立刻报警。我们只能撬开门锁和插销,可惜为时已晚。当然,自杀是可以确认的……不过,有些侦讯方面的公事,我们必须问您几个问题。您是最后一位曾与范·盖达斯说话的人,对吗?"

"好像是……"

"您有什么情况可以提供吗?"

伽凡没有作答。他望着范·盖达斯的头发,搁在枕上的大手。他真的像是睡着了一样。这大手上有赤斑,仍然是活人的手,不像是死人的。伽凡差一点想握住这只手,他忍住了。

他叙述范·盖达斯在去京都的前夜曾经头一回离开旅游团。后来在大阪又回团,然后又离开……

警官们作着记录。走廊里有一片压抑着的嘈杂声,是警察在抵挡新闻记者。

"他的精神怎么样?"警官问,一边用钢笔抵了抵眼镜。

伽凡说他看上去情绪不太稳定,心事重重,不过他,伽凡,与这个荷兰人交往不深,不知道他的心事是什么。

"可是,今晚他曾去您的房间看您了。"

"他一定是想找个伴……"

"你们谈了些什么?"

"谈我的广岛之行。"

他编谎很自然,甚至很坦白地直视小个子警官的近视眼睛。

"侍女说你们的谈话似乎很激烈。或是说,话很多……"

"我们都为这场悲剧愤怒。范·盖达斯这个人,比他外表的模样,远为多愁善感……"

"您提早回到东京是因为什么?"

"有私人的事情。"

"对不起……什么事情?"

"我要与一个姑娘结婚了,此刻她正等在大厅里。"

"啊,好,好……"

"我与范·盖达斯先生分手的时间,正是接到这姑娘的电话之后。"

众人都很认真地听他说话,死者的头埋在枕上,似乎也一样专心致志。他的左耳正好冲着伽凡,看得出一个小小的黑洞,谜一般的黑洞……

"您与范·盖达斯先生分手前,对他有什么印象?"

"很烦躁,极其郁悒,好像六神无主。"

"在你们这次谈话中,他没有对您说过任何话,可以解释他的自杀吗?"

伽凡不作声。他想到了礼子,礼子正在等他,也许她在担惊受怕。

"您不能帮助我们进一步了解吗?"警官追问,"您是否发现了什么,至少是今天晚上,哪怕一鳞半爪的情况,比方说,会不会是银钱的问题,或是桃色事件?"

伽凡很想说:"在日本,有很多人为了荣誉自尽,还有人为了爱情轻生。莫非因为贵国给人对于幸福的盼望过于多,生活中的剥夺却很无情,所以很多人受不了啦。"但是他却说:

"他对我谈到他在战争年代曾被遣送德国，关在集中营里，说他的青春受到创伤，也说到他目前的孤独。他既没有妻子，也没有家人……"

"啊！"警官嚷了一声，"这下明白了！"

他神情满意，似乎真的破了一道难题。他飞快地写满了记事本的一页。他好像洞穿了死者玩的一个计谋，抓住了秘密，似乎别的人哪怕再狡黠，再不怀好意，都休想瞒过了他。

"好，好。"他扶了扶眼镜。

他可以写出他的报告书了。他意味深长地喃喃着："孤独，孤独。"伽凡想，这倒也道出了主要的真相。正在这个时候，有人通报荷兰使馆来了代表。警察们立正致意。伽凡认出来人正是一个月前到羽田机场迎接过范·盖达斯的那个。

伽凡可以走了。他微微一躬，表示告别，便下楼去与礼子会面。

她一直守在他离开她的地方。她已经把雨衣脱下了，她穿着灰色的裙子，上身是紫色的羊毛套衫，紧裹住她的青春的胸脯。

"亨利。"她是这样的激动，使他心里发热。

他正想开口告诉她这幕悲剧，可又忍住了。

"什么也别问我，"他说，"等以后……"

她答应了，脸上努力做出笑容。她笑得怯生生的，像笑，又不像笑，似乎在说："追求幸福真不容易，然而还是得生活，得加紧……"

伽凡握紧她的双手，这双纤美的手，从他们初次见面起，就使他神往。她的笑脸给予他生的信念，他努力克制自己，不去想楼上的死者，因为如果继续想到这个，他的信念就会受到彻底的影响。

在他们身后，大厅里又恢复常态。庞大的第一饭店纷忙如前，有条不紊，悄无声息。两个身着碧绿纱笼的印度女子在打听游览路线。纪念品小卖部的柜台前，有一个美国海军军官对着两个美丽的瓷瓶犹豫不决。蓦地，扩音器里传出了很大的嗓音，通知某位约翰·布鲁木先生去听电话。

"我们赶快走吧。"伽凡说道，在他的声音里，一种惶恐似有似无。

　　他挽住姑娘的胳臂，温存地扶着她，迈向出口。守门的侍应少年替他们拉开玻璃大门，他身着蓝色制服，动作慢条斯理，懒洋洋的。玻璃门上沾着一层水雾。门外是夜。

鉴评：两个世界的旅程

　　在当代西方作家的笔下，我很少见到有像《四月的人》这样富有意识形态色彩的爱情小说。在这里，爱情问题与生活方式问题、社会现实问题联系在一起，或者说，爱情问题被视为生活方式与社会现实的一部分并被当作一个人生存性质与生活意义的标志。作者显然是要通过他那些用意很明确的形象，来传达出他的这种爱情观与生活观。

　　在小说男主人公伽凡的面前，作者安排了两个不同的女性形象，也就是两个不同的爱情对象。这两个形象是对立的，也是对照的，一个是玛特莱因，一个是礼子。玛特莱因是美艳肉感的法国女人，热衷于纯粹的官能享乐，她与男性的交往与结合，丝毫不涉及"爱"或"恋"的情感，仅仅在短期的观光旅行中，她就与两个刚结识的男子先后有了露水姻缘，并且还随时准备与伽凡进行性爱游戏。她是巴黎奢华轻靡生活的典型产物，给人以浓烈的迷醉。礼子则是纯洁美丽、娴静聪慧的日本少女，一出现就发散出清新动人的光泽。

这两个不同的女性形象，在作者的笔下，代表着两种不同的生活方式、两个不同的世界。

在玛特莱因这一边，聚集着为了见识各地的春宫而来旅游的苏格兰青年、为了摆脱孤独而追求性刺激的荷兰人、为了消除商业上的疲劳而在旅行中猎艳的日本船主等等一组象征着性开放、性混乱的生活方式的形象，再加上她这个一心要在旅途中多增添几次做爱经历的法国巴黎女子，几乎就是一个西方世界的缩影了。显然，罗布莱斯是以鄙视批判的眼光来看这个世界的，在他眼里，这个世界是一片淫逸、放荡、奢侈、浪费、冷酷、自私、谎言、欺骗，这是感情的沙漠，这是玩世不恭的天地，因此，作为故事的高潮，这里险而发生了争风情杀的丑闻，最后，确实发生了那个荷兰人范·盖达斯因孤独绝望而自杀的惨剧。

礼子则代表着另一种生活方式，另一个世界。她是一个努力工作、积极进取的新型职业妇女，她的身上有朝气蓬勃的精神、贤淑端庄的性格、温柔深挚的感情、聪明干练的素质，她过着一种诚实的劳动生活，其中又不乏充实的内容与清雅的文化气息。聚集在她这一边的人群，有慈祥的、富于人情味的父母，有伽凡在路上偶遇的那个重视夫妻感情的工人。更重要的是，烘托着她的是一片古色古香、幽雅动人的东方文化氛围，是一片清新秀丽的日本风光。于是，在这篇小说里，礼子就成为东方文明的土壤中长出来的一朵花，她体现着、象征着作者心目中的东方生活方式、东方文明的清香与魅力，作者用它来使那种浓烈的醇酒美人的西方生活方式、西方文明相形见绌，格调低人一头。

既然有了这两个"世界"，伽凡乘坐"星座"客机从巴黎飞降到东京，注定了就要开始从一种生活方式转到另一种生活方式、从一个"世界"走进另一个"世界"的"旅行"。他的这个历程是与他的新爱情故事结合在一起的，也就是说，他是在他的贝雅特丽齐的引导下来完成自己这个历程的。

他已经是个在西方生活方式中混得烂熟的人，一个"历经欲海的人"，难得他一发现自己对礼子萌生出真挚的爱情时，就有了"我总算还没有烂到骨子里"的感慨，而他与礼子的爱情发展过程，也就成为他脱胎换骨的过程了。这一次精神上、感情上的"大换血"尽管是一次灵魂的大手术，然而，它却是在不知不觉之中静悄悄地完成的，不，准确地说，是在愉悦欢欣中完成的。在这个过程里，礼子本人的美貌、体态、温情、妩媚、朝气、教养、能力，就像明灯与磁石一样，起着招引的作用，使他"奋勇前行"。而日本的山川景物的秀丽与东方文化的独特魅力，则在潜移默化的美感之中给他提供了有益的精神营养，使他涤荡了西方生活方式带给他的身心中的空虚、萎靡、烦躁、苦闷、腻味以及玩世不恭的习性，使得朝气、毅力、健康的精神状态、真挚热烈的感情又回到了他的身上。也许这些东西只是他少年时期拥有过而后来却长久阔别了，这样，他又恢复了他真正的青春的力量，重新进入了他生命的初春时期，成为一个"四月的人"。

因此，这篇小说阐释学的副标题应该是：《爱情及其造就新人的力量》。显然作者在小说中为了表现某些意识形态的内容而有时用笔不够自然，但对与环境、氛围结合为一体因而具有诗情画意的爱情，却写得充满了魅力，这样，一个四月的春天在身心中降临的故事，也就格外动人了。

其实，从更广泛的人性范围来说，这篇小说中的情事，就是清纯之情爱战胜了浓艳之欲爱。这两种爱情在人类生活中、在文学作品中，往往是多有交锋的，至于胜负，很难说哪一种就绝对居于上风，清纯之情吃败仗的事也屡见不鲜，如屠格涅夫著名的中篇爱情小说《春潮》中的故事就是一例。在那里，青年主人公与一个纯洁秀美的少女经过了一阵深情的恋爱并订下了终身，但不久后，他却经不起一个艳丽贵妇的诱惑而拜倒在她的石榴裙下，背叛了、抛弃了他原来的爱人，以致造成了他的终生之恨。如果要概括这两种爱情胜负的规律，似乎境况问题是一个重要的因素，凡在清纯之情爱的状态境况中久待的青年，一遇到强烈浓艳的欲爱，往往就难以自持，就像从不饮酒的人一沾烈性的美醇就容易沉醉一样，而在浓艳的欲海中沉浮日久者，往往就不免向往清雅恬静的情爱绿洲了。境况之所以能起这种作用，看来其根源还在于人具有灵与肉两个方面，俄国作家冈察洛夫说得不错："我们不是神，也不是野兽。"人在两点间常失去平衡。

　　罗布莱斯先生对人性中这样一个古老的、由来已久的倾斜与抉择，作了他现代化的理解，并把它提升到东西方两种对立的生活方式的高度，对其中的一种做了否定，对另一种表示了向往，尽管东西方的概念在这里不是地缘政治学的概念，而是一种文明与精神的概念，但他在意识形态上的倾向性已经是很明显的了，而他这种倾向性，正是中国读者所习惯的、所容易理解的。

美丽的青春

[德国] 黑塞

张荣昌 译

作者简介

　　黑塞（1877—1962），德国著名作家，出身于一个牧师家庭，十五岁遵父命进神学院，不到一年即逃出。此后，从事各种职业，自谋生计，并刻苦自学，逐渐开始写作。最初以两部诗集登上文坛，1904 年，他出版了成名作、长篇小说《彼得·卡门青》。1927 年，他最重要的小说作品《荒原狼》问世。1946 年，获诺贝尔文学奖。

　　连我的舅舅马特霍伊斯也以他特有的方式对再次见到我表示愉快。一个年轻人在异乡待了几年，后来有一天他又回到家乡并且颇有了点出息，就连最谨慎的亲戚见了也会露出微笑，愉快地握一握他的手。

　　装着我的家当的褐色小皮箱还是崭新的，有着优质的锁以及闪闪发亮的皮条。箱子里有两套干净的制服，足够数量的换洗衣服，一双新皮靴，几本书和几张相片，两个漂亮的烟斗以及一支袖珍小手枪。除此以外，我还背着我的提琴匣和一个背包，背包里鼓鼓囊囊装满了零碎杂物，其中有两顶便帽，一根手杖，一把伞，一件风大衣以及一双胶鞋，都是些质地很牢的新货色。另外，我还将二百多马克的积蓄以及一封信缝在上衣口袋里，随身带着。那封信里答应到秋天给我在外地安排一个好职务。这些东西真够我背的了。在经过较长时间的漫游求学之后，现在我带着这副装备，俨然一个大人，回到了我的家乡，而我在离开家乡的时候还不过是个腼腆的乳臭小儿哩。

列车沿着大的弯道小心翼翼顺着山丘徐徐而下。每过一道弯道，坐落在山脚下的城市的房屋、小巷、河流以及园子就近一点、清楚一点。过一会儿，我都分辨得出屋顶并可以从其中找出我熟悉的屋顶来了，又过一会儿连窗户都能数得清楚、白鹳巢都认得出来了。列车向着山谷驶去，我心头不禁涌起了对童年、对少年、对故乡的万千美好的回忆。与此同时，我那种衣锦还乡的感觉以及在山脚下人的面前出出风头的念头却渐渐消除，一种感激、惊异之情油然而生。在最后这一刻，多年没有过的乡思，急剧涌上我的心头。站台边上的每一丛金雀枝灌木，每一座熟悉的篱笆，我见了都觉得分外奇异而尊贵。我竟如此长久忘却对故乡的怀念而能心安理得，我对不起故乡，我感到了内疚。

列车驶过我们家的园子时，有人站在老屋最高那扇窗户里，手中挥舞着一块大手帕，这准保是我父亲。我母亲以及那女仆则围着头巾站在阳台上，一缕煮咖啡的蓝色炊烟，从最高的那个烟囱袅袅而起，升入温暖的天空、掠过小城的上空。这一切如今又属于我所有，它们曾期待过我，如今正在向我欢迎致意哩。

来揽客的年迈的大胡子饭店门房还是从前那股子忙碌劲儿，在月台上来回奔走，将接客者从铁轨上推开。我看见我妹妹和我弟弟站在接客者中间满怀着期望的神情探头向我这边张望着。我弟弟推了辆小手推车来接我的行李，在整个少年时代，这手推车一直是我们的骄傲。我们将我的箱子和背包装上车，弗里茨推车走在头里，我同妹妹尾随其后，她责备我将头发剪得那么短，觉得我的短髭倒蛮好看，新箱子则很精致。我们相视而笑，间或相互重又拉着手并向弗里茨点点头，他一边推着小车走在头里，一边还不时回过头来看我们。他长得腰圆膀粗，跟我一般高了。他在我们前面这样走着，这时我突然想起，他小时候，我们发生了争吵，我曾多次打他。我又看见了他那稚气的面庞以及他那受了委屈的或者是神态悲哀的眼睛并感到有点后悔和不自在，这也正是当初我气一消心头常有的那种感觉。现在弗里茨迈步前行，显得身材魁梧并且已经长大成人，下巴颏四周已经有了金色的茸毛。

我们穿过两旁植有樱桃树和山梨树的林荫道，从上游小桥旁一家新开的商店和许多原有的旧房子旁走过后，来到了桥头三角地，我的老家就坐落在这里。它敞着窗户，从窗户里传来了我们那只鹦鹉吹口哨的声音，我听了不禁触景生情，高兴得心头怦怦直跳。我穿过凉飕飕、黑黝黝的大门通道和铺着石板的宽敞甬道，走进了家宅。我三步并两步上楼梯，父亲在楼上向我迎面走来，他亲吻我，微笑着拍拍我的肩膀，随他牵着我的手默默朝楼上那扇穿堂门走去，我母亲站在那儿，她拥抱了我。

接着女仆克丽斯蒂娜跑过来跟我握手。寒暄毕，我便在已经摆上了咖啡的起居室里招呼鹦鹉帕莉。它立刻认出是我并从鸟笼顶的外沿一纵身跃到我的指头上，低俯着那美丽的灰色脑袋，让我抚摩。起居室的墙壁是裱糊过的，除此以外，从祖父母的遗像和玻璃柜到绘有古色古香的紫丁香花图案的落地时钟，一切均原封未动。桌子铺好了桌布，上面放着咖啡杯，我的杯子里有一小束木樨草，我将它拿起来插在钮孔里。

母亲坐在我对面打量着我，并将乳汁小面包[1]放在我面前，她告诫我别光顾说话而耽误了吃东西，可是她自己却一个接着一个地提问题，这些问题我不得不一一答复。父亲在一旁默默听着，抚弄着他那变得灰白的胡子，透过眼镜片

---

1   一种用牛奶和的面团烤制的面包。

亲切地审视着我。我没有过分谦逊，报告了我的经历、我的所作所为以及取得的成绩。我明显感到，我能有点出息，全是这两位老人家的恩典。

头一天，除了父亲的老宅以外，别的我什么也不想看。所有其他别的事，明天和以后有的是时间。于是，喝过咖啡后，我们就将所有的住房巡视了一遍，看了看厨房、过道和卧室。几乎所有摆设还是往日那个样子，有些摆设我见了以为是新发现，别人却觉得那也是旧的，他们早就见惯了。他们争论着，究竟是不是我在家的时候就是这个模样了。

园子贴着山坡，四周的围墙上攀附着常青藤，傍午的阳光洒在四周镶嵌着钟乳石的洁净小径上，洒在盛着半桶水的水桶和绚丽的花坛上，一切都显出生机盎然的样子。我们在阳台上舒适的椅子里坐下，太阳穿过大而透明的山梅花簇叶，向那儿倾泻它那柔和、温暖、呈浅绿色的光辉，几只蜜蜂飞过，发出深沉而欢快的嗡嗡声，它们迷了路。父亲光着头祈祷，感谢我还乡省亲，我们默默站着，将双手叠在一起做祷告状。虽然气氛肃穆得不同寻常，我多少感到有点不自在，可是我还是乐于听那老的祈祷文并怀着感激的心情说了"阿门"。

做罢祈祷，父亲就进他的书房，弟弟、妹妹走开了。四周寂静下来，我独自跟母亲坐在桌旁。这就是我早就盼望同时又感到畏惧的时候，我回家探亲尽管是件愉快的事，而且也受人欢迎，然而我最近这几年的生涯却并非完全白璧无瑕。

母亲用她那美丽、温暖的眼睛打量着我，察看着我的脸色，也许正在思虑，她要说些什么话、打听些什么事。我感到拘谨，沉默着，玩弄我的手指头，准备着迎接一场考试。这场考试从总体来说，其结局虽然不至于会太出格，然而就局部而言，却很可能会有些颇能令我害臊的细节。

她盯着我的眼睛默默看了片刻，随后就用她的纤巧的小手握住了我的手。

"你有时也还做做祷告吧?"她轻声问。

"近来不曾祷告过。"我只得承认，她显出有点忧虑的样子，瞥了我一眼。

"你又会做起祷告来的。"她随后就说。我说:"也许会的吧。"

说罢她沉默了片刻,末了她问:"嗯,你想当一个正经人,是吧?"

这时我可以回答了。但她抚摩着我的手,并不继续考问我。她对我点点头,那模样仿佛是在说,我不必忏悔了,她信得过我。后来她问了问我衣着及换洗衣服方面的情形,因为近两年来我一直是一切自理,从来没有将任何衣服回家来换洗补缀过。

"这些事我们就明天再好好商议吧。"我报告完毕后她说道。至此全部考试便宣告结束。

过一会儿我妹妹便来唤我进屋。她在"漂亮房间"里钢琴旁坐下,将昔日的乐谱拿了出来。这些乐曲我长久没有听过、没有唱过,可是却没有为我忘却。我们唱了舒伯特和舒曼的歌子,后来又唱了西尔黑尔的歌子,都是些德国以及外国民歌,一直唱到吃晚饭。我趁妹妹铺桌子摆刀叉的时候同鹦鹉闲话,这鹦鹉尽管名字是雌性,我们却当它是雄性的并叫它"鹦哥儿"帕莉。它会说几句话,会模仿我们的声音和我们的笑声,并且跟我们中间的每一个人都有一种特殊的、等级分明的交情。它同我父亲友情最深,对他百依百顺,其次便是弟弟,再其次便是妈妈,下面就是我,最后则是妹妹,它颇有点不信任她。

帕莉是我们家里仅有的动物,二十年来一直像一个孩子那样是我们家庭的一个成员。它喜欢听谈话、笑声以及音乐,可是它却不喜欢挨近人听。每当它独自听见隔壁房间有热烈的谈话声,它便悉心聆听,随声附和并发出善意中含有讥刺的笑声。有的时候,它冷清、孤寂地待在它的登极板上,四周寂静无声,太阳光暖烘烘地照进房间。每当这种时刻,它总要用低沉、悦耳的声音褒奖生活、赞美上帝,像是吹笛子一样的音调,听来令人觉得庄严、温暖和亲切,犹如一个孤零零地玩耍着的孩子在失神地歌唱。

吃罢晚饭我在花园里浇了半个钟头的花。我两手湿漉漉沾着污泥回到屋里来,这时候,我从过道里听见一个半生半熟的女孩子声音在里面说话。我很快用手帕揩干净双手走了进去。只见有一个身穿淡紫色连衣裙、头戴宽边草帽、个儿高大的漂亮姑娘坐在那儿。她站起来，打量我，向我伸过手来，我这才看出，原来这是海伦娜·库尔茨，我妹妹的一位朋友，从前我曾一度爱恋过她。

"您还认得我吗？"我惬意地问。

"洛特已经对我说过您回家来了。"她客气地说。不过要是她简单说声"是的"，我心里定会觉得更加高兴。她身材高大，出落得更漂亮了。我不知道再说些什么话才好，于是我就到窗户旁去看花，她则在一边跟母亲和洛特闲聊。

我的眼睛注视着街道，我的手指头玩弄着盆景里天竺葵的叶子，可是我却心不在焉。我看见一个严寒的冬夜，我在两岸长着高耸的杨树丛的河上滑冰，我远远地顺着一个半圆形羞怯地追逐着一个少女的身影，这个少女还不太会滑冰，有一个女友在带着她滑。

现在我听见她的声音就近在咫尺，可是这却几乎是一个陌生的声音，这声音比从前圆润、深沉得多了，她成了一位年轻的少妇了。我怎么也没有同等地位、同等年龄的感觉，我觉得我仿佛还一直是个十五岁的少年。她走时我又向她伸过手去，但我同时一鞠躬，将腰弯到不必要的滑稽可笑的深度，说："晚安，库尔茨小姐。"

"她又回家来了？"送走她后我问。

"不回家她还上哪儿去？"洛特道，我听了也就不愿再谈论此事了。

十点整大门关上，双亲就寝了。在道晚安亲吻时，父亲用胳膊挽着我的肩膀，轻声道："好哇，我们算是又把你盼回家来了。你也高兴吧？"

大家都上床睡了，女仆也已在早先一会儿道过了晚安。有几扇房门开了又关上，如是几次过后，整栋寓所便沉浸在夜间深深的寂静里了。

而我则已经先弄了一小壶啤酒放置在阴凉处，现在我将啤酒拿到我房里放在桌上。我们家的规矩，起居室里是不许抽烟的，所以现在我在烟斗里装上烟，点燃吸了起来。我那两扇窗户朝着幽暗、寂静的庭院，那里有一道石板阶梯顺着山坡向上通往园子。我看见那边枞树黑压压矗立在空中，上面繁星在闪耀。

　　总有一个多小时之久我醒着不睡，观看毛茸茸的小蛾子在我那盏灯四周飞来掠去。我将那一团团的烟雾徐徐向敞开着的窗户吐出去。我一面默默地大口抽着烟斗，一面脑海里浮现出无数幅我故乡及少年时代的图画，宛如一大堆沉默的群像，似海面上的波涛般闪耀着升起，随即又消失不见了。

　　清晨，为了讨家乡和众多的老相识的喜欢，我穿上了那套最好的制服。我借此也好显示一下我境遇之安适，我不是当了穷光蛋回乡来的。我们狭窄的峡谷的上空，夏日的穹隆蔚蓝壮观，洁白的街道微微扬起尘埃，邻近的邮局门口停着来自森林村落的邮车，巷子里幼童在玩小玻璃球和羊毛球。

　　我先到那座老石桥上走了走，这是小城最古老的建筑了。我仔细打量着那座哥特式桥头小礼拜堂，从前我曾千百次从它旁边走过。随后我便靠在桥栏杆上，观赏着碧绿、湍流不息的河水。尖屋顶墙上画着一个白色轮子，具有乡土气息的老磨坊消失不见了，在它原来的地方出现了一座新的大型砖瓦建筑。除此以外，一切都没有变化，无数的鹅和鸭子同从前一样，在水面及岸边嬉戏闲游。

　　在桥的另一头，我与第一个熟人邂逅。这是我的一位中学学友，如今已当了制革匠。他围着一条鲜艳的橙黄色围裙，露出迷惘、探问的神态打量着我，却没有怎么认出我来。我高兴地向他点点头，扬长而去，而他却望着我的背影还一个劲儿在那里沉思。在铜匠作坊的窗户旁，我向长着一部优美的白胡子的铜匠打招呼，随后就即刻向里面瞥了一眼旋工，他将轮带转得呜呜响，还敬了我一撮鼻烟。随后我就来到市场广场，那口大井以及市政厅就在广场上。那边是书商的铺子。虽然若干年前因为我在他那里订了海涅的著作，这位老先生曾弄得我声名狼藉，我还是进铺子买了一支铅笔和一张风景明信片。离这儿没多远就是学校的校舍了，我边走边打量着这些旧校舍，在大门口嗅到了熟悉的、可怕的学校气味，我急忙向礼拜堂和牧师寓所的方向逃遁而去，一边还深深透了口气。

我又穿过了几条小巷，叫理发匠给我剃了胡子，这时已是十点钟，恰好是拜访马特霍伊斯舅舅的时候了。我穿过相当宽敞的庭院走进他那漂亮的宅邸。在凉爽的过道里我掸去裤子上的尘土、敲了敲起居室的门。我打开门一看，舅母和她两位闺女正在屋里做针线活呢，舅父则已经到商号去了。这个宅子里的每样东西都散发出一种酷爱整洁、旧时代人的那种精明强干的气息，有点严酷并且过分明显地讲求实用，不过倒也给人一种明快、可靠的感觉。那里在不断清扫、洗濯、缝纫、编结和纺织些什么东西，这就说不好了。可是不管怎样，闺女们照样有闲暇演奏、咏唱好听的乐曲。两人都会弹钢琴、唱歌，即使她们并不熟悉近代的作曲家，可是演奏起亨德尔、巴哈、海顿以及莫扎特来倒是颇为拿手的。

舅母腾地站起身朝我走来，闺女们缝完了最后一针，然后再跟我握手。令我感到惊讶的是，我居然受到了纯系贵宾的待遇，被请进了陈设雅致的会客室。而且贝尔塔舅母说什么也不答应，非要在我面前放上一杯葡萄酒和糕点不可。随后她就在我对面的一把雕花椅上落了座。闺女们待在外间屋里继续做着针线活。

昨天我善良的母亲姑息我，免了我的考试，现在我却不免遭到了某些考问。不过在这里我也无意于对有欠缺的事实加以粉饰。我的舅母对受人称道的讲道教士的人格品性趣味甚浓，她仔细向我询问了我生活过的每个城市里礼拜堂以及布道牧师的情况。我无以对答，不过我们却怀着善良的意愿摆脱了这一颇令我难堪的处境。此后，我们共同对十年前一位著名主教的逝世表示沉痛惋惜，要是他还在世的话，那我就会在斯图加特听到他发表布道演说了。

后来话题又转到我的命运、经历以及前程上来，我们觉得，我很幸运，走上了正道。

"这要在六年前谁会想得到呢！"她说道。

"当初我的情形竟有那么糟吗？"我听了不禁问道。

"这倒也未必，不是那么回事。不过当时你父母可真是操碎心了。"

我真想说："我也够操心的呀。"可是当时的这些争论，我不愿旧话重提了。

"可不是嘛。"于是我说道，一面神情严肃地点点头。

"你倒是各行各业都尝试过了。"

"倒也是，舅母。哪一行我也不懊悔。就是我现在干的这一行，我也不愿意老是干下去。"

"可别这样！你这话可是当真的？你刚得了这么个好差使又要不干了？快二百马克的月薪哪，对一个年轻人来说，这就很可观了。"

"谁知道长得了不，舅母。"

"哪有这样说话的！你好好干，那就长得了。"

"唉，是啊，但愿如此吧。我现在还得上楼去看望舅姥姥丽迪阿。回头见吧，贝尔塔舅母。"

"嗯，再见吧。我看见你很高兴。有空再来玩吧！"

"好，一定来。"

我在起居室对两位姑娘、在房门口又对舅母说了声再见。然后我登上了那道宽阔明亮的楼梯。假如说，在这以前我曾有过闻到了陈旧不合时宜的气息的感觉的话，那么，我现在闻到的气息却要陈旧不合时宜得多。

在那边的两间小房间里住着八旬老舅姥姥，她以旧日的那种温柔和殷勤来接待我。这儿有曾舅祖父的水彩画肖像、绣有玻璃珠花束和风景图案的小桌布和口袋、椭圆形的小镜框，空气中弥漫着檀香木和老陈、柔和的香水的芬芳。

舅姥姥丽迪阿穿一件式样很普通的深紫色的连衣裙，除了眼睛近视和脑袋微微颤动外，她精神矍铄，显得惊人的健康活泼和年轻。她一把拽我在一张狭窄的沙发上坐下，她没有话匣一开滔滔不绝谈起老古董来，倒是问了我一向生活可好和有什么理想，她对什么都关心，都趣味盎然。尽管她上了年岁，并且身上的气息、家里的摆设都有一种遥远的古色古香的情调，然而直至两年以前她还时常出门旅行。对当今的世界她有着清晰、不带恶意的想法。她并不是完全赞同的，她喜欢对外部世界保持新鲜印象并加以充实。她深知进行温雅、亲切的谈话的诀窍，只要是有她在场，谈话就会畅快无阻，而且总是颇有兴味使人愉悦。

我走时，她亲吻我并伸出双手做祝福状送别我，她的这种姿势，别人身上我还没有见过。

马特霍伊斯舅舅是我在他的账房间里探访着的，我去时他正坐着在读报纸和商品目录单。我表示不想坐下，略站片刻便走，对此，他并不勉强我。

"喔，你也又回家来了？"他道。

"是啊，又回来了。很久没回来过啦。"

"听说你现在境况很好，是吗？"

"还好，谢谢。"

"你也得去看看你舅母吧，嗯？"

"我已经看望过她了。"

"喔，这太好了。诺，那就行啦。"

说罢他向我一伸手，又埋头读他的账簿去了。他伸手的方向大致还不错，我很快握了握这手，便高高兴兴出去了。

正式访问至此宣告结束，我便回家吃饭。家里特意为我做了大米饭和煎小牛肉。吃完饭我弟弟弗里茨将我一把拽到他的小房间里，我从前收集的蝴蝶标本的镜框就挂在这房间的墙上。妹妹想一块儿来聊天，她将脑袋从门缝里探进来，可是弗里茨煞有介事挥挥手，道："别来，我们有悄悄话要说。"

说罢他审视着我的脸。他从我脸上察觉到我心情够急切的了，于是就从床底下拉出一只木头箱子来。这箱子盖上包着一块白洋铁皮，上面压着好几块大石头。

"猜猜看，里头是什么东西。"他小声而狡狯地说。

我记起了我们昔日爱好的玩意儿和爱做的事儿，我嚷道："蜥蜴。"

"不是。"

"赤练蛇?"

"才不是哩。"

"毛毛虫?"

"不是，不是活的。"

"不是? 那干吗将箱子盖得这么严严实实的?"

"有比毛毛虫更危险的东西哩。"

"危险? 啊哈——火药!"

他二话没说就揭开了盖子，于是我看见这木箱竟是一座呱呱叫的军械库，里头放着各种不同颗粒形状的小包炸药、木炭、火绒、导火索、硫黄块、硝石和铁屑盒。

"哼，你瞧怎么样?"

我知道，要是我父亲得悉在男孩的房间里放着一箱这样的东西的话，那他就再也睡不着安稳觉了。可是弗里茨却因其惊人之举而那样的欣喜若狂。见此情景，我只好措辞谨慎地暗示了一下我的这个念头。后来经他一劝说，我的心便立刻平静下来了。因为我自己已在道义上成了同谋，像学徒盼下班一样满心喜悦地盼望着放焰火了。

"你一块儿玩吗?"弗里茨问。

"当然啰。晚上我们可以在园子里什么地方放着玩儿。嗯?"

"当然可以。最近我在外头草地上用半磅炸药爆炸了一颗炸弹。轰隆一声巨响，像地震一样。可是现在我没钱啦，我们还得购置好些东西呢。"

"我出一个泰勒[1]。"

1　泰勒（Taler），德国旧时的一种银币名。

"好极了，哈！那就可以放焰火和大爆竹了。"

"可是要多加小心，啊?"

"多加小心！我还从来没有出过什么事呢。"

这是影射我十四岁那年玩焰火遭到的一次严重失败，那回险些弄瞎我的眼睛，要了我的性命。

随后他就让我看他的存货及已经做得的各种零件，向我透露他几次新试验和几项新发明的情况，激起了我对他另外几项试验、发明的好奇心。这些试验、发明，他是要表演给我看的，不过，暂时他还要对我保一下密。说话间，他的午休已过，他该去上班了。他走后，我刚刚将这叫人害怕的木箱重新盖上盖，在床底下放好，洛特就来叫我同爸爸一块儿去散步。

"你觉得弗里茨怎么样?"父亲问，"他长大了，是吧?"

"噢，是的。"

"而且也变得严肃得多了，对不对? 他开始从幼稚行为中摆脱出来了。是呀，现在我的孩子们都长大成人了。"

我心想这下糟了。我感到有点羞愧了。这天下午天气可真是美极了，庄稼地里火辣辣的罂粟迎风摇曳，瞿麦露出了笑脸。我们漫步徐行，谈论的尽是那些使人愉快的事情。熟悉的道路、熟悉的森林边缘、熟悉的果园在向我招手致意，一幕幕往事又浮现在眼前，显得那样可爱和光辉夺目，仿佛当初一切都尽善尽美似的。

"现在我要问你件事，"洛特开口说，"我打算邀请我的一位女友来玩几个星期。"

"噢，从哪儿来的?"

"从乌尔姆来。她比我大两岁。你看怎么样? 现在我们有你在家里，主要看你啦。要是来客人你感到不方便，你只管直说好了。"

"这是个什么人?"

"她曾参加过教师考试——"

"哎哟！"

"别哎哟哎哟的。她非常和蔼可亲，根本不是个女学究，肯定不是的。况且她也没当教员。"

"怎么不呢？"

"这个你得问她本人了。"

"那么她来吧？"

"傻小子，那得看你了。要是你认为我们自家人在一起的好，那她就过些时候来。所以我才问一声呢。"

"那我就掷纽扣来决定吧。"

"那还不如马上同意了的好。"

"好吧，同意。"

"好。那我今天就发信。"

"替我问候她。"

"她不见得会高兴的。"

"喂，她倒是叫什么名字呀？"

"安娜·阿姆贝尔格。"

"阿姆贝尔格这个姓漂亮。安娜是个圣徒的名字，不过这却是个索然无味的圣徒的名字，单就这名字不能缩略，也就够索然无味的了。"

"要是叫安娜斯塔茜娅，你就爱听了？"

"是的，那我们就可以把它缩略成斯塔茜或者斯塔泽尔了。"

说话间我们已经到了最后那座小山丘的山顶。一个平台一个平台往上攀登时，这山巅似乎近在咫尺，到了山巅才知不近。于是我们就站在一块岩石上纵目远眺，我们的目光掠过我们上山时登过、现在却缩短得出奇显得倾斜的原野，我们看见了坐落在那狭窄的峡谷深处的城市。在我们身后，起伏的原野上，矗立着一片黑色的枞树林，蜿蜒伸展达数小时路程之远，间或有狭长的草地或一小块庄稼地点缀其中。在一片黑色中，那块庄稼地闪耀着淡蓝色，醒目异常。

"确实没有比这儿更美的地方了。"我沉思道。

我父亲一面微笑着，一面打量我。

"这是你的故乡，孩子。故乡美，这可是千真万确的。"

"你的故乡比这儿还美吧，爸爸?"

"不过，不过一个人小时候总觉得什么都美丽而圣洁。你从来不思念家乡的，嗯?"

"思念的，有时也想家。"

附近有一块林中空地，小时候我有时在那儿逮知更鸟。再过去一点准保还有我们男孩们有一次一齐垒起来的石头城堡的残迹。不过父亲疲倦了，歇过一会儿脚，我们便折回，顺着另一条道下了山。

我真想再听一点关于海伦娜·库尔茨的新闻，然而我不敢启口问，因为我怕被人看出破绽来。我闲居家中，眼看有几周闲暇的假期可消磨，于是萌生的渴念及恋情便使我年轻的心境失去了平静。我只需找到有利的契机便可。可是我却恰恰没有这样的契机。我内心对那位漂亮女郎思念越多，我便愈加拘谨，不好意思打听她和她的境遇。

我们慢慢溜达回家，一路上在田头采撷大花束。这是一门艺术，我长久没操练过了。我们家里有个从母亲沿袭下来的习惯，即不仅在各房间里养着盆儿花，而且还总要在每张桌上和镜台上放些鲜花。年深月久，积聚起了众多简单朴素的花瓶、玻璃杯和瓦罐。我们兄弟姐妹出外散步，回来时几乎没有不顺手捎带点花儿、凤尾草或枝权的。

我觉得，我仿佛多年来压根儿就没见过野花似的。因为你一面信步漫游，一面以画家的眼光观赏着那万绿丛中的一点红的时候，跟你跪着膝、弯着腰将那些花儿一朵朵仔细观看并择其最美丽者采撷的时候，这些花儿的模样是截然

不同的。我发现了小小的隐头花序，其花朵不禁令我回想起了学生时代所作的
郊游。我还发现了其他的花草，其中有的我母亲特别喜欢，有的她曾用她自己
杜撰的特别的名字命名过。这些花草还俱在。其中的每一样都在我心头勾起一
重回忆。透过每一片蓝色或黄色萼片，我照见了我童年时代的愉快的身影，我
感到了分外的亲切。

在所谓的家宅大厅里放着许多只高大的粗制的枞木箱子，箱子里横七竖八
四处乱放着祖父时代的各种稀奇古怪的藏书。我这个小男孩，在那里面拣到了
发黄褪了色、带有明快木刻画的版本的鲁宾孙和格利弗[1]来读，随后就读古老的
航海者和探险家的故事，后来也读了许多美文学的作品，如《西格尔瓦特，修
道院的故事》《新阿马迪斯》《维特的烦恼》[2]以及奥西安[3]，此后又读了许多扬
·保尔[4]、施蒂林[5]、瓦尔特·司各特[6]、普拉腾[7]、巴尔扎克和雨果的书以及袖
珍版的拉法特尔的观相术和许多本雅致的年鉴、袖珍小册子和历书：有科多维
基[8]铜版画的老历书、较新的路德维希·里希特尔[9]作插图的历书，以及迪斯特
里[10]木刻的瑞士历书。

每当晚上不玩乐器或者我没跟弗里茨坐在一起玩弄火药筒时，我便信手从
这些藏书堆里拣一本拿到我的小房间里，一面抽着烟斗，一面对着我祖父母曾
为之着迷、叹息、沉思过的浅黄色的书面吐着烟圈。有一卷扬·保尔的《钛》，
书页被我弟弟撕个精光，全做焰火耗费掉了。当我读完头两卷寻找第三卷时，
他方始承认并哄骗说，那卷书反正已经破损不堪了。

1　英国著名作家斯威夫特所著讽刺小说《格利弗游记》的主人公。
2　指歌德的《少年维特之烦恼》。
3　奥西安，爱尔兰民间传说中的人物，古爱尔兰叙事诗中的盲人老歌手。
4　扬·保尔，德国著名诗人、作家。
5　施蒂林，德国著名学者、作家。
6　瓦尔特·司各特，苏格兰诗人、小说家。
7　普拉腾，德国诗人。
8　科多维基，德籍波兰铜版雕刻家、素描家、画家。
9　路德维希·里希特尔，德国画家、版画家。
10　迪斯特里，瑞士素描家、画家。

这些个夜晚始终美好而令人欢愉。我们唱歌，洛特弹钢琴，弗里茨拉小提琴，妈妈叙述她童年时候的故事，帕莉在笼子里啁鸣拒不睡觉，父亲不是在窗户旁歇息，就是替小外甥粘贴画册。

不过当有一天晚上海伦娜·库尔茨又来闲聊半个钟头时，我倒也并不觉得这有什么妨碍。我一再打量她，我惊异地发现她如今出挑得美人儿似的，何等的丰盈。她来时恰好钢琴上蜡烛还燃着，于是她加入唱一首二重唱歌曲。我只是用低沉的嗓门发出每一个音响。用极微弱的声音唱，这样我就可以聆听她的声音了。我站在她背后，透过她棕色的头发，我看见那烛光闪耀着金色光芒，看见她的肩膀怎样边唱边微微晃动，我心想，用手轻轻抚摸一下她的头发想必是会叫人心旷神怡的了。

因为我在受坚信礼的年龄上就恋爱过她，所以那种与她藕断丝连的感觉，便在我心头油然而生。而她那种漫不经心的友好态度却使我颇有点失望了。因为我绝不以为，当初只是我单相思，她竟会是全无知觉的。

后来她走了，我便拿起帽子，一直将她送至玻璃门旁。

"晚安。"她说。可是我没有握她的手，我却说："我想送您回家。"

她笑了。

"哦，用不着了，谢谢。这里根本不时兴这个。"

"噢?"我一边说，一边让她从我身旁过去。而我妹妹见状则拿起她那系着蓝丝带的草帽，嚷道："我也一块儿走一趟吧。"

于是我们三人同行，下了楼梯，我急忙拉开沉重的家宅大门，我们出屋走进了苍茫的暮色之中，缓步穿过市区，过了桥和市场广场，登上了海伦娜双亲所居住的、地势急剧倾斜的市郊区。那两位姑娘宛如欧椋鸟，相互说着闲话，我则在一旁倾听着，心内感到了喜悦。我有幸身历其境，而且属于三叶草[1]那三片

1　三叶草，即苜蓿，系多年生草本植物，叶子互生，复叶由三片小叶构成，小叶长圆形。

小叶中的一片。我间或放慢脚步，做出一副察看天气的模样来，我落在后头一步，我这就可以细细打量，那黑乎乎的脑袋怎样在她倾斜、明亮的颈项上自然地颠动，她怎样有力地迈着匀称、纤巧的步伐。

在她家宅门口，她向我们握手告别，走了进去，我还看着她的帽子在昏暗的过堂里发出微光。少顷，大门便砰的一声关上了。

"哦，"洛特道，"她确实是一个美人儿，是吧？她是有那么点妩媚可爱之处。"

"是的。——你那位女友现在怎么样啦，她快来了吧？"

"信我是昨天给她写的。"

"噢。嗨，我们走原路回家吧？"

"哎，我们还是抄园子边上的近路回去吧，好吗？"

我们走在园子篱笆间的小路上。这时天色已黑，我们边走得边留神，因为一路上有许多年久失修的粗圆木料搭成的台阶和一头伸出在外的腐朽的篱笆板条。

我们已经到了临近我们家园子的地方，可以看见那边宅子里经久燃着的起居室的灯光了。

这时候有人发出轻轻的"嘘！嘘！"声，我妹妹害怕了。可是那不过是我们的弗里茨，是他藏匿在那儿迎候我们。

"你们注意站住别动！"他冲我们嚷嚷道，说着，他划了一根火柴点燃了一条导火索，朝我们这边走了过来。

"又玩焰火啦？"洛特责备道。

"几乎一点爆炸声也没有的，"弗里茨担保说，"你们注意看就是了，这是我的一项新发明。"

我们眼看着导火索燃尽了。随着就是一阵咔嚓咔嚓的声音，火星末子四处飞溅，像湿火药一般。弗里茨喜得眉开眼笑。

"现在来好看的了，立刻就来，先是白色火焰，接着轻轻的噼啪响，同时出现一道红色的火光，随后便是一道美丽的蓝色火光！"

然而结果却并非如他所说的那样。而是在一阵抽搐、喷了一阵火花后，那全部精华便噼啪一声巨响，在一股气压猛烈的推动下，化作一团蒸汽腾入了空中。

洛特笑了，弗里茨见状懊丧已极。我百般安慰他，这时候一团粉末状的烟云庄严隆重地在黑漆漆的园子上空徐徐飘浮而过。

"刚才那蓝光还是能看到一点的。"弗里茨开口说，我则表示认可。随后他几乎是眼泪汪汪地向我描述了他那精美焰火的全部构造以及他的设想。

"我们再放一回好了。"我说。

"明天？"

"不，弗里茨，下个礼拜吧。"

其实我满可以答应明天的。可是我满脑瓜子想的是海伦娜·库尔茨，我胡思乱想，说不定明天会有什么喜事临门呢，也许她晚上还会来的，或者她会一下子喜欢上我的。总之，我现在脑子里转悠的事情，在我看来比全世界所有的焰火艺术都重要、更为激动人心。

我们穿过园子走进家宅，看见父母正在起居室弈棋呢。这一切简单而自然，绝不可能是另外一种样子。然而它还是变了样。今天，我觉得这一切仿佛离我无限的遥远。今天，我心目中没有那个故乡了。那幢老房子，那座园子以及那阳台，那些熟悉的房间、家具和图画，大笼子里的那只鹦鹉，那可爱的故城以及那整个的峡谷，我都感到陌生，都不再属于我所有了。母亲和父亲已亡故，孩提时代的故乡变成了回忆和乡思，再也没有一条街道会将我引向那儿去了。

夜里十一点光景，我正伏案读着一本扬·保尔的小说，这时候我那小油灯渐渐黯淡下来了。它一阵闪动，发出微弱的战战兢兢的响声，那火焰便发红，蒙上了一层煤烟。我连忙察看究竟，捻灯芯，我这才发现，原来里面没有油了。我为我正读着的那部精彩的小说感到惋惜，可是现在这时候还摸着黑在屋子里四处去找油，也实在不合适。

于是我就吹灭了冒着烟的油灯，快快地上了床。外面起了一阵和风，柔和地吹拂着枫树林和紫丁香灌木丛。窗下院子里有一只蟋蟀在草丛中鸣唱。我不能入睡，于是又想到了海伦娜。我觉得，希冀从这位优雅美貌的姑娘身上得到任何别的什么东西，都是痴心妄想，我只好怀着渴念观赏她的窈窕风姿而已，这使我内心感到又是痛苦又是愉快。每当我回想起她的声音笑貌以及她的步态、晚上她走过街道市场广场时那步履稳健、有力的节奏，我内心便激动而又难过。

我终于一跃又从床上跳了下来，我身上太热，心里太烦躁，实在睡不下去了。我走到窗口，倚窗远眺。但见一钩弯月在一绺绺头发似的乌云间游移，显得甚是苍白无力。那只蟋蟀仍在院里鸣唱。我恨不得到外面再逛他一个钟头。可是我们家十点关大门。大凡过了这个钟点还得敞开大门供人进出，那便是我们家里出了不寻常的骚扰和奇异的事情了。我压根儿也不知道钥匙挂在哪里。

此时此刻往事不禁涌上我的心头。想当年我还是个尚未成年的小青年，偶或我觉得这种老是待在父母身旁的家庭生活简直是受奴役，于是便乘夜深人静，怀着鬼胎和冒险家的执拗，蹑手蹑脚偷偷溜出屋子，到一家夜间营业的小酒店去喝一瓶啤酒。我从只不过上了门闩的通园子的后门出去，一出后门我就翻过篱笆，穿过临近花园间的狭窄小径上了大街。

我穿上了裤子，和风温煦，也用不着再多穿什么了。我手里拿着鞋，光着脚偷偷溜出屋子，翻过园子篱笆，闲步穿过沉睡着的城市，沿河循峡谷徐步而上，河水发出抑扬的叮咚声，纤小颤动的月亮反光戏弄着水面。

夜间在旷野里行走，头顶沉默的苍穹，脚旁一条静静流淌的溪水，这始终具有神秘色彩而扣人心弦。这种时刻我们就更趋近我们的本源，感到跟动物和植物沾亲带故，有一种朦胧回忆起史前时代的感觉。那时还没盖房屋建城市，无家可归四处漫游的人类可以将森林、江河和山脉、狼和苍鹰或爱之如同类、朋友，或恨之如死敌。夜还使通常的那种公共生活的情感变得淡漠起来。当灯火熄灭，万籁俱寂的时候，那位也许还醒着不眠的人便有一种孤独之感，顿觉自己脱离公众、无所依傍。于是，命中注定要形影孤单，要过孤独的生活，要一个人独自忍受痛苦、恐惧和死亡，这样一种人世间最可怕的情感便会时时萦绕心头。这给健康的男孩心灵上投上一层阴影，是一种警告，身体虚弱的人则会感到胆战心惊。

我这时候也有那么一点这种感觉，至少我闷闷不乐，沉溺在无声的思索中了。一想到美丽的令人艳羡的海伦娜说不定从未对我怀有类似我对她那样的感情，我心里就难受。可是我心里也明白，我是不会因失恋而痛苦潦倒的，我隐隐预感到，神秘莫测的人生道路上还隐伏着比一个年轻人的假期烦恼更隐秘的深渊、更严重的命运咧。

然而我激动的心情还是平静不下来，我的想象不由自主，乘着徐徐的和风，化作双手，抚摸着姑娘的棕色头发，以至于这次夜晚漫步，我既不觉疲倦也不感到瞌睡。我穿过已割过第二遍的浅色草地，走下去到了河边，我脱掉单衣裤，一头扎进了凉丝丝的水里。水流湍急，我当即与之奋力展开搏击。我逆水游了一刻钟左右。清凉的河水从我身上流淌而过，将我心中的烦闷和忧愁一齐冲刷掉了。我浑身凉快、略感疲倦地重又寻找我的衣服，身上还湿漉漉，很快就穿了上去。我回家睡觉时，心情轻快、安适。

我怀着急切的心情度过了头几天。之后，我便渐渐适应了静谧自然的家庭生活。在外面我是怎样的四处游荡。由一座城市到另一座城市，混迹在各色人群里，流连于工作与梦幻，悉心攻读与豪饮达旦之间。一忽儿靠吃面包喝牛奶度日，一忽儿以读书抽雪茄为生计，一个月一个样子！这里犹如十年前、二十年前一般，岁月以一种明快安静、同样的节奏一天又一天，一周又一周地流逝。已经成为陌路人、习惯于动荡不定、风流偶傥的我，如今又适应了这儿的环境，仿佛我从未离开过这儿似的。我对多年来我已全然忘却的人和事产生了兴味，毫不惦念我心目中的异乡了。

时光像夏日的浮云从我身边轻轻、不露痕迹地流逝，每天都是一幅绚丽的图画，每天都有一种遐想联翩的感觉，澎湃而璀璨，少顷过后便只是梦一般地回响着。我给花园浇水，同洛特一块儿唱歌，跟弗里茨一起研火药末。我同母亲闲谈外国的城市，同父亲漫谈世界上新发生的事件，我读歌德，读雅科布森[1]。这些事一件件循环往复，彼此协调，可是哪一件也无关宏旨。

当时我心目中最紧要的似乎是海伦娜·库尔茨以及我对她的爱慕。可是即便这个也雷同所有其他情感，它使我激动了几个小时，过后便又沉没了几个小时，只有我那散发着愉快的生活气息的感觉，即那种在波平如镜的水面上不慌不忙、漫无目的、毫不费力、无忧无虑漂游的泳者的感觉，才是恒久不变的。林中樫鸟在鸣叫，覆盆子熟了，花园里玫瑰及大红的金莲花盛开。我深有感触，觉得世界美丽极了，我感到惊异，倘若有朝一日我成为一个名副其实的男子，变得老成而聪慧明达起来，那不知将会是什么样子呢。

一天下午，一只大木筏穿过城市漂游而来，我跳上筏子，躺在一堆木板上，顺河而下漂游了好几个钟头。一路上经过庭院及村庄，穿过桥洞。我头顶上空气震荡，闷热的乌云翻滚，发出轻微的雷鸣声，我脚底下凉爽的河水欢畅地拍打着筏子，泡沫四起。于是我遐想开了，我设想库尔茨也在筏子上，我将她拐骗来了，我们手拉着手坐在一起，相互指点着观赏四周美丽的景色，由此顺水放筏直至荷兰。

当我远远地在下面深谷里跳离木筏时，我不慎失足落入齐胸深的水里。不过回家路上天气温暖，我的衣服直冒汽，贴着身子就干了。我经过长途跋涉，满面风尘、疲惫不堪重又回到城里。这时，在头几幢房舍附近，我与身穿一件红色衬衫的海伦娜·库尔茨不期而遇。我摘下帽子，她点点头。我不禁想起我曾梦

1　雅科布森，丹麦诗人。

想她怎样地与我手拉着手乘筏顺水而下并且用亲切的"你"称呼我。当天整整一晚上，我又心灰意懒起来，觉得自己像是个愚蠢的设计师和观察星相的人。不过临睡前我依然抽一斗头上画有两只吃青草的小鹿的我那美丽的烟斗，我读维廉·麦斯特[1]一直读到十一点以后。

翌日晚八点半光景，我同我弟弟弗里茨一起登上了高石坡。我们带了一只沉甸甸的包裹，我们轮流背着它，里面有一打烈性焰火、六支火箭以及三个大爆竹和各色各样零碎小玩意儿。

天气微热，浅蓝色的天空布满了纤巧、轻轻飘浮的浮云，浮云飞掠过教堂尖塔和山巅，不时将闪着苍白光亮的第一批出现的星星遮住。我们先在高石坡上休息了片刻，从那里俯瞰苍茫暮色中我们那狭窄的河谷。我一边观看着城市和那座最近的村落、桥梁、磨坊水堰以及那狭窄、两岸灌木丛生的河流，一边在一片薄暮中不禁又想起了那个美人儿。我真想一个人独自遐想，恭候明月。可是这办不到，我弟弟早已打开包裹，他在一根竹竿上系上一条绳子，上面绑了两支焰火，从我背后紧贴着我耳朵燃放了起来，我吓了一跳。

我有点发火了。可是弗里茨却笑得那样的欢畅，他是那样的开心，以至我很快就受了感染，跟着一块儿干了起来。我们迅速地连放了三个威力特大的爆竹，听见巨大的爆破声沿谷腾起又落下，轰隆隆回声缭绕。接着放了焰火、花筒和一个大火轮，临末我们把我们那些美丽的火箭一支支挨次放入那漆黑的夜空。

"放一支这种适宜、美好的火箭简直跟做一次礼拜差不多了。"我弟弟道，他有时说话爱用些比喻，"要不就像是唱一支美丽动听的歌曲，嗯？这情景好不庄严。"

回家路上，在一座用薄木板条围起的院子旁，我们把我们最后那支焰火向那只看院子的恶狗扔将进去，吓得它汪汪叫了起来，我们走过后还气冲冲一直

1　歌德所著小说《维廉·麦斯特》中的主人公。

朝我们背影吠了刻把钟。随后，我们兴高采烈、手指黑乎乎地回到了家里，像两个闹了一场有趣的恶作剧的顽童。对双亲我们则赞不绝口，叙述了晚间漫步看到的美景、峪谷的景色以及繁星闪烁的夜空。

一天早晨，我在过道里窗户旁清除我烟斗里的污浊，洛特跑过来嚷嚷道："喂，我的女友十一点钟就到。"

"安娜·阿姆贝尔格?"

"对了。怎么样，我们去接她吧?"

"我没意见。"

我压根儿就没有想到过这位期待中的客人，所以，她的到来并不使我感到过分高兴。不过，这事要推也推不掉。于是，十一点光景，我便和我妹妹到车站去接客。我们来得太早，我们在站台前来回踱步。

"也许她乘二等铺。"洛特道。

我带着怀疑神色望着她。

"这有可能的。她家境富裕，即使她朴素——"

我不安了。我想象一位娇滴滴并携带着大批行李的女士从二等车厢步出，她会觉得我那舒适的父宅寒酸，觉得我本人不够优雅的。

"如果她乘二等，那还不如马上叫她继续乘她的火车走得了，真是的。"

洛特恼了，她正想呵斥我，可这时候火车进站停住了，洛特急忙跑过去。我不慌不忙尾随其后，看见她那位女朋友从一节三等车厢里走出来，随身携带着一把灰色丝绸面阳伞、一条旅行毯以及一只简朴的手提箱。

"安娜，这是我哥哥。"

我道了声"您好"，尽管她乘的三等车，我却不知道她心里会有些什么想法，所以，不管她那只箱子有多么轻，我自己没有提着它走，我招手叫来了行李搬运夫，把箱子交托给了他。随后，我傍着这两位小姐，迈步向城里走去。边走我边惊讶，她们相互竟有那么多的话要述说。不过我倒是挺喜欢阿姆贝尔格小姐的。她相貌不算十分标致，这虽然令我略感失望，然而她脸上却有那么一种令人愉快的表情，她的声音听起来有一种悦耳舒适的感觉，这给人一种愉快的印象，给人一种信任感。

我还看着我母亲怎样在玻璃门旁迎候那二位。她看人很有眼力，要是她用审视的目光打量过一阵后对谁露着笑容表示欢迎，那此人便可以稳受盛情款待无疑了。我还看见，她怎样注视着阿姆贝尔格的眼睛，随后又怎样朝她点点头并向她伸出双手，一副一见如故的神态。我眼看客人没有说什么客套话便由衷地握住向她伸出的亲切的友谊之手，从到我们家的第一刻起就像在自己家里一样自在，于是，我对陌生人的猜疑与忧虑便顿时消失了。

凭着我青春的智慧和阅历，在那第一天我便看出，这位可爱的姑娘具有一种善良、朴实、乐天的性格，哪怕也许缺少生活经验，却不失为一位可宝贵的同伴。至于有一种更高尚更宝贵的乐天性格，一个人只有在艰难困苦中才能赢得它，有人则一辈子也得不到它，这一层我虽有预料，然而却还未曾亲身体会到。而我们的客人具有这种奇特的和睦、开朗性格，这暂时还不曾为我所察觉。

在我当时的生活圈子里，可以作为伙伴与之相处并在一起谈论生活和文学的女孩子，可说是凤毛麟角了。迄今为止，我妹妹的女朋友们时常要么是我爱恋的对象，要么我对她们便毫不在意。现在居然可以无拘无束同一位年轻女士接触并可以像跟志同道合的人一样跟她说东道西地闲谈，我感到新鲜而亲切。因为虽然我们不乏一致之处，我却从声音、言语以及思想方法上感觉到了那温柔细腻撩拨着我心弦的女性。

我顺便还发现，安娜是怎样悄悄、机敏、不声不响地便与我们的生活合拍起来并适应了我们的生活方式的。须知所有假期到此来做过客的我那些朋友，都曾费过一些周折，他们随身带来了不同的生活习惯，就连我自己在回家后的头几天也不必要地过于喧哗和苛求。

有时我很少姑息她的感情，她却并不在意，这使我十分惊异。在谈话中我甚至几乎可以态度粗暴起来，也不会因此就得罪了她。可是回过头来想想海伦娜·库尔茨呢！即便谈话最激烈的时候，我也只会对她使用谨慎和尊敬的字眼。

且说这几天里，海伦娜曾多次到我家来并且对我妹妹的这位女友似乎颇有好感。有一回我们大家一起应邀在马特霍伊斯舅舅家园子里小聚。大家喝咖啡，吃糕点，后来还喝了醋栗酒，席间我们做无伤大雅的儿童游戏，或者在园子小径正经八百散散步。小径上一尘不染，这自然就叫人举止行为非讲礼貌不可。

看见海伦娜与安娜在一块儿并同时与这两个人谈话，一种奇特的感觉在我心头油然而起。同相貌显得极为标致的海伦娜·库尔茨，我只好谈些不着边际的事情，可是我说起话来却总是斯斯文文的。而同安娜闲谈则不然，即便谈论最有兴味的事，我心情也不会激动，不觉费劲。我对她怀着感激的心情，一面跟她闲谈，一面养养神，觉得心安理得。与此同时，我却不时地将目光从她身上移开，斜着眼瞟一下那位美人儿。她的模样我一看心里就高兴，可是我的欲望却永远得不到满足。

我弟弟弗里茨感到无聊已极。他吃够了糕点，建议了几个比较粗俗的游戏，这些游戏有的大伙儿不同意，有的刚玩一会儿很快便停止不玩了。过一会儿，他将我拽到一旁，大发牢骚埋怨这个下午过得太索然无味了。我听了耸耸肩膀，他却向我坦白承认，他衣兜里藏着一个爆竹，待会儿姑娘们互相辞别，这通常要花较长的时间，他想在那时燃放这个爆竹。经我恳切要求他才改变了这个计划，随后他就走到大花园最僻远的一个去处，在醋栗丛中躺下了。而我却背叛了他，我同别人一起笑他爱小孩脾气，虽然我心里同情他、很了解他。

那两位表姐妹好办。她们没有娇生惯养的习惯，即便是些早已陈旧了的警句妙语，她们听了也总是露出感激和渴慕的心情。舅舅喝过咖啡马上就告退了。贝尔塔舅妈和洛特聊得最热乎。我同她就怎样制作浆果罐头交谈过一阵之后，她便对我颇为满意了。于是，我便得空待在两位小姐的身边，谈话间歇时我不禁暗自思忖，跟一位你恋爱着的姑娘说起话来怎么比跟另一个姑娘说话要艰难得多呢。我真想对海伦娜作点什么仰慕的表示，无奈我实在想不出什么着儿来。末了，我从玫瑰花丛中采撷了两朵，一朵给了海伦娜，另一朵给了安娜·阿姆贝尔格。

这是我假期里最后一天平平和和的日子。第二天，我在城里听一位泛泛之交说，库尔茨小姐近来与某某某交往甚密，说不定不久便要订婚。这是他讲其他新闻时捎带提到的，我听了竭力不露声色。不过，就算这仅仅是传闻吧，我反正对海伦娜本来就未敢存有什么妄念，如今更是深信，我失掉她是无疑的了。我神思恍惚回到家，一头扎进了我那间小房间。

论理，我年轻乐天，心里搁不住忧愁。谁知这回我竟有好几天无精打采的，我在林中小径踽踽独行，在家中东倒西歪躺着忧伤地出神，晚上则紧闭窗户即兴拉拉小提琴。

"我的孩子，你哪儿不舒服啦？"我爸爸对我说，一边将手放在我的肩上。

"我没睡好。"我答道，我没有撒谎。我没有多说什么别的。他却说出了我后来一直难以忘怀的一席话。

"夜里睡不着觉，"他道，"这总是件讨厌的事。而要是因为想好事睡不着觉，那倒还可以忍受。一个人那么躺着睡不着就容易心情烦躁，一烦躁就尽想些恼人的事。不过一个人也可以凭意志力想好事的。"

"能吗？"我问道。近年来我已开始怀疑起自由意志是否存在了。

"嗯，能的。"我父亲口气坚决地说。

在沉默与痛苦中过了几天后，我又忘却了自己、忘却了我的烦恼，我同别人生活在一起，我高兴了。这个转捩点，至今我还历历在目，当时我们大家一块儿坐在起居室喝午后咖啡，只有弗里茨缺席。别人都很活跃、健谈，可是我却缄口不言，俨然一个局外人，虽然我心底里已经又有了需要与人谈谈、与人交往的感觉。跟年轻人惯常的做法一样，我用沉默和倔强、执拗筑起了一道保护墙，将我的痛苦团团围住。旁人遵照我们家的好传统，没有来打扰我。我情绪明显不佳，对此他们表示谅解。现在要冲破我的围墙，我却下不了这个决心，我继续扮演着我的角色。这在先前尚还显得真实而有必要，现在连我自己都感到腻烦了。我苦行修身期限之短，也令我感到羞愧。

蓦地，一阵军号声冲破了我们喝午间咖啡时安闲、静谧的气氛。这军号吹得果断、咄咄逼人，那是一阵连珠炮式的别致的声响。刹那间，我们纷纷从座椅上跳了起来。

"着火啦!"我妹妹惊恐地喊道。

"哪会有这样滑稽的火警信号。"

"要不就是宿营号。"

一语未了，我们已一窝蜂拥到了窗户旁。我们看见街上，就在我们家门口，有一群孩子围住了一个骑着一匹白色高头骏马、身穿一身火红色衣服的吹号的人，他的号角和号衣在阳光下闪闪发光，好不威风。这位神奇人物一边吹着号，一边抬眼向各家的窗户望去，他一抬头便露出一张褐色皮肤、蓄着一部厚密的匈牙利式短髭的面孔。他使劲狠命地吹着，他吹信号和各种信口吹来的调子，直吹得左邻右舍家家户户窗口都挤满了好奇的人。于是他便放下那乐器，摸了摸胡髭，左手叉在腰上，右手勒住那匹好动的马的缰绳，发表了一席演说。他那驰名世界的剧团在此小城中途逗留，而且仅这一天，为满足大家迫切的愿望，他将于今晚在草滩地演出"盛大马戏，走绳索以及一出大型哑剧"。成人二十芬尼一张门票，儿童半价。我们几乎还没听明白是怎么回事，那骑马者便重又吹起他那闪闪发光的号子，策马而去了。一群儿童前呼后拥，他身后腾起一片浓密的白色尘埃。

那位马戏团骑士那样宣布演出节目，招惹得我们都愉快地哈哈大笑了起来。这个机会对我颇为有用。我充分利用这个有利时刻，甩掉了我的忧郁寡欢，重又成了一个兴高采烈的人，回到了兴高采烈的人中间。我当即邀请那两位姑娘去看晚场马戏，爸爸咕哝了一阵，也就答应了。于是我们三人马上就信步朝下面的草滩地走去，想去看一看那场外的热闹场面。我们看见两个男子正在立桩标出一圆形马戏场并用一根绳子将场地围住，随后他们开始搭一个高的支架，一个胖得吓人的老婆子在旁边一辆绿色居住用的挂车的悬梯上坐着编织。她脚旁躺着一只漂亮的白毛狮子狗。我们正打量着这情景的时候，那个骑马的人逛城归来了，他将白马拴在挂车后面，脱下他那身红色的华丽服装，挽起衬衫袖子就帮他同伴搭起支架来了。

"可怜的人哪！"安娜·阿姆贝尔格说道。我听了却将她的这种同情心顶了回去，我站在马戏团演员的一边，对他们自由、好合群的漫游生活赞不绝口。我声言，我自己恨不得也加入他们一伙，爬高绳索并在演出结束后手捧碟子绕场而行。

"这我倒要好好看一看。"她快活地笑了。

我就拿着我的帽子权当碟子，模仿募集人的姿态，极其谦恭地请求给小丑一份小小的赏钱。她手伸进口袋，迟疑地掏摸了片刻，掏出一芬尼的硬币扔进我的帽子里。我一边道谢一边将这钱币塞进背心的衣袋。

一度被压抑的欢乐心情涌上我心头，我仿佛陶醉了似的。那一天，我肆意放纵、稚气可笑。这方面，大概也有认识到自己的可变性这个因素在起作用吧。

晚上我们连同弗里茨一起出去看马戏。还在路上，我们就兴奋狂喜起来了，草滩地黑压压一片，人群波涛般起伏着。小孩们瞪大着期待的眼睛露出欣喜的神色，默默站着。顽皮爱捣蛋的男孩逢人都要开个玩笑，他们相互打打闹闹、乱踩人脚。篱外看白戏的人在栗树上安置好了自己的座位，巡警头上戴着头盔。马戏场四周有一排木板搭的座位，圈内立有一个有四个杠杆臂的挂架，上面挂着油罐。现在油罐已点燃，人群围拢过来，那排座位渐渐坐满了人，石油火炬发出熊熊红光，带着煤屑味在人头攒动的广场上空摇曳。

我们在一条木板上坐下。一架手摇风琴奏响了乐曲，马戏团团长牵着一匹小黑马上场。丑角也随着上场并开始同那团长进行一次为许多记耳光所打断的谈话，这谈话博得了热烈的掌声。一开始由丑角随便提了一个什么无礼的问题。那人一边给了他一记耳光，一边回答说："你认为我是一头骆驼?"

丑角接口说："不，掌柜的。一头骆驼与您有什么区别，我很清楚。"

"哦，小丑，有什么区别呢?"

"掌柜的，一头骆驼可以什么也不喝连续干八天活。而您却可以连喝八天酒什么活也不干。"

又是刮耳光，又是掌声。如此这般。我一边对这些笑话的思想简单、对感恩图报的观众的天真无知感到又惊异又好笑，一边自己也跟着一起笑了起来。

小马跳跃开了，它越过一条长凳，有人一数到十二，小马便装死躺下了。然后一只狮子狗上场，它钻环，用两条腿支起身子跳舞，做军事操练。中间始终穿插着丑角的节目。接着出来一头山羊，一头非常美丽的动物，它在一把安乐椅上做平衡游戏。

末了，有人问小丑，是否除了游手好闲站在那里讲讲笑话以外，他就没有什么别的能耐了。他听了连忙扒下他那件宽大的丑角褂子，他身穿红色紧身衣，攀登起高绳来了。他是个英俊的小伙子，干得很利索。即使不是这样，单是看看火光照耀着一个红通通的形体在深蓝色的夜空中高高飘浮，这景象就够美丽的了。

由于演出时间已过，哑剧未曾表演。我们待在外面也已过了通常的钟点，我们不敢迟疑，立刻踏上了回家的路。

演马戏的时候我们一直在热烈地交谈着。我坐在安娜·阿姆贝尔格身旁，我们也不过是相互说了些无关紧要的话。可不知怎的，就在回家路上，我想起在她身旁时她身上的那股暖意，就不免有点怅然若失的感觉了。

我在床上翻过来覆过去，很长时间睡不着，因此我有时间进行思索。我认识到我的不忠实，我心里很不是滋味，我害臊了。我怎能这么快地就背弃美丽的海伦娜·库尔茨呢?不过我用了点诡辩术，在这天晚上以及以后的几天里替自己洗刷得干干净净，满意地解决了所有表面上的矛盾。

　　还在当天夜晚，我起来点上灯，从我背心衣袋里掏出安娜今天闹着玩儿送给我的那枚一芬尼的硬币，好不深情地端详了一番。硬币上标有 1877 年的字样，说来那硬币跟我还同龄呢。我用白纸把它包好，在纸上写上"安·阿"两个字和当天的日期，把它当作一枚走运芬尼，珍藏在我钱袋的最里层。

　　我假期的一半时间——大凡假期，上半期总显得长一些——早就过了，猛烈的雷雨连下了一周，之后，夏天便渐渐开始衰残。时光不知不觉地流逝，我情意绵绵消磨着时日。我每天都怀有一种奢望，飘飘然看着时日一天天来临、发光、消逝，而并不愿意挽留它，并不惋惜它，仿佛除此以外世界上就无甚紧要事儿了。

　　对这种飘飘然，除了年轻人不可思议的那种逍遥自在这个原因外，有一小部分也是我亲爱的母亲的过错。她缄口不语，可却明显叫人感到，我与安娜交好，并非不合她心意。事实上，与这位秉性聪明、品格端方的姑娘交往，我心里确实感到舒适快意。我感到，即使同她建立更深厚、更亲密的关系，我妈妈也是会同意的。这也用不着我操心，用不着瞒人，安娜于我果真与一位亲姊妹没有二致。

　　当然，我的愿望远没有因此而得到满足。过了一阵，这种照旧不变的友好往来时而也会带上某些几乎要令我感到羞愧难言的色彩，这是因为我一面渴望越出友谊的雷池迈进广阔自由的爱情的乐土，一面却压根儿不知道，我怎样才能偷偷诱我这位淳朴无邪的女友走上此道。然而，在我假期尾声，出现了一种介乎满足和更多的要求之间的自由、轻松的心情，其原因却盖出于此。这种心情就像一种巨大的幸福，一直铭刻在我的心上。

　　就这样，我们在我们幸福的家宅度过了美好的夏令季节。这期间，我对母亲又恢复了童年时期的老关系，以至于我可以同她无拘无束地漫谈生活、忏悔往事和筹划未来了。有一天上午，我们坐在凉亭里绕线团，那情景我至今还历历在目。我讲了在信仰上帝这件事上我的想法，末了声称，要我再信仰上帝，那就得有人能说得服我才行。

我母亲听了看着我微微一笑。略一沉思后，她道："多半是永远不会有谁来说服你的。不过慢慢地你自己就会明白，生活中没有信仰是不行的。因为知觉毫无用处。某个人，我们以为很了解他了，他却做出某种事来，向人表明，你以为了解某人，确信某人如何如何，实际完全不是那么回事。可是人却需要有信仰和信心。为此而去找耶稣基督总要比去找一个教授，或者找俾斯麦，或者找别的什么人强。"

"为什么呢？"我问，"关于耶稣基督，大家也不了解那么多具体事呀。"

"哦，够了解的啦。况且——历代也曾偶或有过个别带着自信、毫无惧色而死的人。有人说苏格拉底以及另外几个人便是这样的，这种人并不多，简直是凤毛麟角。如果说他们能够平静、无牵挂地死去，那这也并不是由于他们生性聪敏，而是因为他们心地纯真、胸怀坦荡。那么好吧，这几个人，不用说，理应有理。可是我们当中谁比得上他们呢？而与这些少数人遥遥相对，你却看到另一边有成千上万个人，都是些贫苦和普普通通的人，可他们却能心甘情愿、心安理得地去死，因为他们信仰耶稣基督。你祖父受了十四个月病痛的折磨才得到拯救，可他却没有怨言，而且几乎是高高兴兴地受着苦痛和死亡的煎熬，因为他在耶稣基督身上找到了慰藉。"

最后她认为："我很清楚，这不能使你信服。信仰由不得理智，就像爱情不受理智支配一样。而有朝一日你会明白，并不是什么事都可以用理智解决得了的，假如事情临到你头上，到时候，万不得已时，一切可以聊以慰藉的东西你都会伸手去抓取。我们今天谈的这些话，有些说不定到时候你还会想起来呢。"

我在园子里给父亲帮忙，散步时我常常替他带一小口袋林中泥土回来，供他的花盆用。我同弗里茨一起发明了新的焰火术，我放焰火烧伤了手指头。我同洛特、安娜·阿姆贝尔格一起，在森林里消磨半天的时光，帮她们采摘浆果，寻觅鲜花，朗读诗文和开辟新的散步途径。

美好的夏日一天一天地消逝。我几乎老是待在安娜跟前，我已习以为常了，我一想起这好景已经不长，我蔚蓝色假期的上空便蒙上一层愁云。

正如一切美的以及还有那最珍贵的东西只是暂时的，都有自身的既定目标，这个夏天也这样在一天天地逝去。在我的记忆里，似乎就在这个夏天，我整个青年时代便宣告结束了。大家已经开始谈论起我不久即将起程。母亲又检查了一遍我所有的衣服，有几件给补了补，在整理行李的那天送给我两双她自己编织的优质灰羊毛短袜。殊不知，那两双袜子竟成了她给我的最后的礼物。

最后一天终于到了，心里长久担心着的这天出其不意地来临了。那是残夏的一天，碧空中纤云飘浮，柔和的东南风在花园里轻轻抚慰着依然盛开的玫瑰花丛，到了午间便散发着馥郁的芬芳，沁人心脾。由于我已决定要充分利用整个白天，夜晚才动身，我们年轻人还想用下午的时间去作一次愉快的郊游，于是上午的钟点便留给双亲了，我在双亲之间，坐在父亲书房里的躺椅上。父亲还替我备了几件临别馈赠礼品，如今他亲切地、用一种开玩笑的口吻将这些礼品递给了我，他以这种口吻来掩饰他内心的激动。有一只老式的小钱袋，里头装有几个泰勒，一支可以随身携带的蘸水钢笔和一本装帧精美的笔记本。这笔记本是他自制的，他在本子上用工工整整的拉丁文给我写上了十好几句至理名言。他赠我以泰勒，以规劝我节俭，但不可吝啬。他赠我以笔，要我经常给家里写信。要是我发现了一句新的对我行之有效的箴言，我就该将它记在本上以充实那些至理名言，他根据自己切身体会觉得那些话都是金科玉律。

我们在一起坐了两个多小时，父母给我讲述我童年的某些往事，讲述他们自己以及他们的父母的阅历，这些事我头一次听说，对我至关重要。许多话我已经忘却，而由于我一再走神脑袋里尽想着安娜，有些严肃、重要的话语，我多半是一只耳朵进，另一只耳朵就出了。可是在书房里度过的那个早晨却深深地铭刻在我的记忆中，对我双亲的深深的感激和尊敬留在我的心里。今天我以纯洁、神圣的眼光看我的双亲，在我的眼里再没有谁这样纯洁、神圣的了。

但当初，下午就要离别，我心里不胜怅惘。刚吃罢午饭，我便同两位姑娘出发，翻山到景色秀丽的林中深谷、我们这条河的一条陡峭的边谷去。

起先，我一脸忧愁的神色，叫别人看了也变得沉思寡言起来了，只是到了山巅，在高红松树干间瞥见了蜿蜒细长的峡谷和一大片葱茏的丘陵地带，高梗的万年青在山巅迎风摇曳，在这时候，我才摆脱了拘谨，高兴地欢叫了起来。姑娘们欢笑了，她们立刻唱起了一支漫游之歌："哦，远方的山谷，哦，山丘……"这是我母亲最爱唱的一支古老歌曲。我一面跟着唱，一面回想起了小时候以及最近几个暑期里兴高采烈在森林作过许多次远足的情景。最后一句歌词声音刚落，我们便不约而同谈起这些远足、谈起母亲来了。我们怀着感激和骄傲谈论这些往事，因为我们的青年时代极其美好，我们在家乡度过的岁月无比甜蜜。我与洛特手拉着手走，后来，安娜笑不唧唧加入了进来。我们三人，迈步走在沿山脊的大路上，一路上我们手舞足蹈，显得十分欢乐。

后来我们顺着一条陡峭小径向侧面而下，来到一条小溪的幽谷，从远处就听得见这小溪拍击乱石堆和磐石的潺潺声。前面小溪上游有一家深受欢迎的夏令吃食店，我曾邀请过她们二位去那儿喝咖啡、吃冰激凌、吃点心。下山以及顺溪走时，我们只得鱼贯而行。我跟在安娜后面，端详着她并寻思着就在今天跟她单独叙谈的机会。

我终于想起了一个计策。我们已经离我们的目的地很近了，旁边有一处河滩绿草如茵，上面长满了丁香。于是我就请洛特先走一步去订咖啡，在园子里替我们占好一桌雅座，我要同安娜摘一束森林野花，这儿正好盛开着美丽的鲜花。洛特觉得这个建议很好，便先走了。安娜坐在一块长着苔藓的石头上，开始折起蕨草来。

"这竟是我的最后一天了。"我开口说。

"是呀，真可惜。但您不久一定又会回家来的吧，嗯?"

"谁知道呢? 反正明年是回不来了。即使回来, 跟这一回也不一样啦。"

"怎么不一样?"

"唔, 要是正好您也来那就好了!"

"这倒也未尝不可能。但这一回您也并不是为了我才回来的呀。"

"安娜小姐, 那是因为我当时还根本不认识您嘛。"

"倒也是。哎, 您一点也不帮我的忙, 那儿的紫丁香您总得给我摘几朵来吧。"

于是我打起了精神。

"一会儿要多少给您多少。可眼前我有别的至关重要的事。您瞧, 现在我可以跟您单独在一起待上几分钟, 我盼了一整天了。哎——您知道, 我今天就要走了——噢, 简单说吧, 我想问问您, 安娜——"

她望着我, 她那聪明的面孔上露出了严肃而近乎忧愁的神色。

"等一等!"她打断我结结巴巴的表白, "我想, 您想对我说什么话, 我已经清楚了。现在我衷心地请求您, 您别说了!"

"不说了?"

"别说了, 海尔曼。为什么说不得, 这个我现在没法向您解释, 不过您完全可以知道是什么原因。以后您问一问您妹妹好啦, 她全都知道。我们时间太匆促, 而那又是一件令人悲伤的事情, 今天我们不想悲伤。现在我们扎花束吧, 一会儿洛特就要来了。再说, 我们愿意继续成为好朋友, 今天大家高高兴兴的。您愿意吗?"

"要是能办得到, 那我早就如此了。"

"那好吧, 您听着。我跟您一样心境, 我有一个心上人, 可我却不能得到他。而谁要是遇到这种事, 谁就得倍加珍惜在其他情况下他可能得到的一切友谊和一切美好、令人高兴的东西, 对不对? 所以我才说, 我们要继续成为好朋友, 起码今天大家要过得快快活活的。对吗?"

　　我听罢轻轻说了声："是的。"随即我们相互握了握手。小溪在喧哗、在欢呼，细小的水球飞溅到我们身上，我们的花束既大又绚烂多彩，不多久我妹妹便边唱边嚷嚷着朝我们奔过来了。当她到了我们跟前的时候，我装出想喝水的样子，在溪边跪下，将额角和眼睛伸进阴凉的溪水里浸了片刻。然后我拿起花束，我们一起走完了那一小段路，来到小店门口。

　　那儿有一棵槭树，树下一张桌子已铺好桌布，摆上刀叉，等着我们入座，有冰激凌、咖啡和饼干。女店主过来招呼我们，我居然能没事儿一般说话应答和吃东西，我自己都感到惊讶了。我几乎兴高采烈起来，席间作了简短讲话，人家笑时我也无拘无束地跟着一块儿笑。

　　我不会忘记，那天下午安娜帮助我克服那种羞辱、悲哀的情绪，她使用的方式有多么简单、亲切和令人感到慰藉。

　　她对我态度大方而亲切，丝毫看不出她与我之间发生过什么事的痕迹来。她的这一态度有助于我克制自己，不禁使我对她经受的更深沉的痛苦以及她承受这种痛苦的乐观态度肃然起敬来。

　　我们动身回家时，夕阳投下的阴影笼罩了狭窄的林中山谷。我们迅速登上山巅，而在那儿我们则又追上了正在落坡的太阳，我们在温煦的阳光下走了一个小时，直到在山脚下回城去时太阳从我们的视野中消失为止。我目送着在黑乎乎的枞树树梢间已经变得大而带红色的太阳，我心想，明天我将在远离此地的异乡重见那太阳了。

　　晚上，我辞别了全家，随后，洛特和安娜便送我到火车站。她们向我挥手，目送我乘坐火车向着薄暮驶去。

　　我倚着车门窗户，向外眺望城市的景色，城里已是煤气街灯燃亮，家家户户灯火通明。在我们园子附近，我发现了一束强烈、鲜红的亮光，原来是我的兄弟弗里茨站在那里，他双手各提了一盏孟加拉灯[1]。在我挥着手从他身旁驶过的瞬间，他向天空垂直放了一支焰火。我向外探出身，看着它腾空而起，在空中停住了片刻，随后顺着一道柔和的弧形，在一片四溅的火花中坠落了下去。

1　孟加拉灯，在光源中搀进食盐，可使其发出带色彩的灯光。

鉴评：爱如和风

　　当你读完这篇小说的时候，你会发现它与其他很多情爱小说有些不一样，如果你也把它视为一篇情爱小说的话。

　　在一般情爱小说里，特别是在短篇情爱小说里，往往爱情就是中心，就是主旋律，是作家着笔用墨的主要目标，有时甚至是唯一的目标。于是，我们在这些小说里，就看到爱情居于君临一切的地位，它主宰着、盘踞着、扩张着，它无比强烈，无比昂扬，它排斥其他的内容，它占据了主人公全部的心思，充塞着他的几乎全部的生活，控制了他全部的情感，似乎他在那个空间、在那段时间里的整个存在内涵，只有爱情这一桩事！这客观上就造成了一种结果，即爱情小说与生活真实的距离。也就是说，爱情在爱情小说中的地位，比起爱情在现实生活中的地位，实际上是被大大地夸大了。

　　面对这样一种结果，不是一个应该归咎于体裁与作家的问题，而倒是更应该由读者拿出理解力来的问题。

　　对于体裁来说，既然是短篇小说，当然就需要高度的集中与必要的剪裁，而既然是短篇爱情小说，当然就需要突出爱情的主题与线索。于是，愈是集中，爱情就愈占有重要地位，以至写得最集中因而也是写得最成功的短篇爱情小说里，那种强烈的爱情往往在现实生活中极为罕见，甚至是"千载难逢"的，它们总是深得读者的欢迎，因为，读者乐于到小说里去追求的，正是这种在现实生活里罕见的东西。

对于作者来说，这里存在着一个全部视野与具体焦点的关系问题。在全视野中，他也许看到了主人公全部的生活内容以及他的爱情经历在全部生活中所占的局部位置；在全悟性里，他也许很了解主人公的各种情感与心态以及爱情在所有这些内心活动中所占的比例。也就是说，在他的观察与思考中，全部与局部的关系、整体与细部的关系，很可能是明确的、符合客观实际的，但当他把他的视觉的焦点集中在人物的爱情这个局部时，周围的一切就会变得模糊起来，而当他愈来愈把视觉的"镜头"推向这一个局部、扩大它的比例、集中地把一个个细节加以放大的时候，周围的一切就都消失了，只剩下了这一个局部，甚至只剩下这一局部的某一些最突出、最入微的细节，于是，读者在小说里所见到的，就只有爱情故事与爱情心态了。

黑塞的《美丽的青春》作为一篇情爱小说的不同处就在于，它如实地、恰如其分地表现出了爱情经历在整个生活经历中所占的局部地位，爱情心态在整个内心活动中所占的合乎情理的比例，它使读者恢复了在现实生活中一个简单的常识：人不是一天到晚都在谈情说爱，人也不是整个心思都扑在一个爱字上，人毕竟要生活，有很多其他的事要做，有很多其他的事要想，全身心地浸在爱情之中，那只是纸面上的人物所经常享有的特权与幸福。

要把爱情在整个生活中的局部性表现出来，并非要把爱情写得像微弱的闪烁的星光一样，让它埋没在沉闷晦暗如黑夜的平庸生活的烦琐描写之中。黑塞选取了一个青年人回家乡度假期的一段时光，表现出了他这一段充满了青春活力的生活以及生活中的爱情内容。他乡情的苏醒，他从家庭成员那里感到的温馨，他在乡间的散步，他酣畅的游泳，他与小兄弟未脱顽皮之气的游戏，他的文学阅读与音乐娱乐活动……所有这一切与他的爱情同时并存，相得益彰，和谐地融为一片，构成了一幅充满朝气、健康洒脱、轻快自如的青春生活画面。当然，你也许会指出，与他的爱情并存着的，正是一些乡间琐事与家庭生活中微不足道的细节。然而，这些琐事写得如此充满了感受，如此富有色彩，如此蕴含着微妙的意味，写得如此轻快而灵性十足，它们之于小说的爱情内容，也就不像是一片晦暗埋没着点点星光，而像是包括了无数细小星星的银河衬托着一个光亮的星座。

　　这里，青年主人公身上与青春的活力结合在一起的爱情，与有些爱情小说中的主人公的爱情有所不同，它具有一种轻快的风致：他的爱意来得很快，他一旦失恋，痛苦消除得也快。在短短一个假期里，他恋爱了两次，失恋了两次，他不像有的爱情小说的主人公那样，恋爱起来，狂热沉醉，失恋起来，要死不活。也许正是因为他处于一种"关系的制约"下，因为他的爱情处于与日常生活的其他内容、内心世界的其他内容的协和状态之中，平衡还没有被打破。他身上还没有爱情亢进的症状，或者说，作者全视野的观察与全方位的着笔，还没有使他的人物患上爱情亢进的症状。在主人公轻快的爱情之中，无疑，爱情来得快是最关键的一面，他似乎时刻都准备恋爱，美貌动人的海伦娜固然能使他重新燃起热情，容貌平平但和善亲切的安娜也能使他滋生爱意，他似乎有着丰富的美感，善于从几乎所有少女身上发现可爱之处，他似乎还有着无限深厚而敏锐的温情，可以迅速施及他所遇见的女性对象。他对女性的丰富美感与灵敏的温情与他身上犹存的少年人的纯真又结合在一起，使他恋爱的时候只不过多几分愉悦与遐想，而失恋的时候只不过有那么几天的烦恼与忧郁，来得自然，去得也自然，就像是一阵阵的和风，在他内心里吹拂而来，飘荡而去。

　　请不要以为这是一种轻浮，每个人的一生中，曾经在内心里吹荡而过的这种和风何止两三阵？也许是旅途上从车窗里看到的月台上一个陌生少女的身影引起的，也许是一次晚会上见过一两面的新交所引起的，也许是共事过一阵的朋友所引起的，也许是一次表演中几个动人的镜头所引起的，它们往往只是一些遐想，一些思念，一些倾慕，一些朦胧的不切实际的愿望，持续的时间不会很长，有的一两个星期，有的一两天，有的甚至只有一两个钟头，这种感情和风在内心中吹来荡去，就像新陈代谢一样显示出精神的生机与活力。从这个意义来说，黑塞笔下的这个青年人的情态是可以理解的，这便是我所看到的《美丽的青春》所具有的爱情心理学上的意义。

源氏亲王最后一次爱情

[法国]　尤瑟纳尔
杨方东 译

作者简介

尤瑟纳尔（1903—1987），法国著名女作家，出身于比利时布鲁塞尔一个富裕的世家，从小受过良好的家庭教育与文化熏陶，掌握了多种外语。十六岁时即开始写作，30 年代闻名于文坛。1980 年，以其杰出的文学成就当选为法兰西学院有史以来第一位女院士。

尤瑟纳尔的文学创作成果丰硕，其主要作品有诗歌《幻想园》《众神未死》，小说《阿莱克西或徒劳的搏斗》《东方奇观》《阿德里安回忆录》《苦炼》等。

光源氏是曾经震惊亚洲的最大的诱惑者。一到五十岁，他意识到自己的时日已所剩不多。他对自己的第二位夫人，即紫夫人，曾十分宠爱，虽然他也多次与别人私通。然而，她也已经先他一步，到那些在这艰难人世有过功德的人都要去的天堂去了。源氏已不能确切地忆起她的音容笑貌，他常常为此而苦恼。

他的第三位夫人，即西殿夫人，与一个年轻的亲戚私通，就像他过去年轻时与父王的一位少妃私通一样。同一幕剧在人生的舞台上重演了，但他很清楚，这一次自己恐怕只能扮演老朽的角色了。他觉得与其如此，不如去做鬼魂。所以，他就分掉自己的财产，给侍从们发了养老的钱，准备到过去特意让人建在山中的一处僻静佛堂了却此生。最后一次离开城市那天，他身后只跟着两三个忠诚的侍从，当然，如果他们还年轻，也不会为了他而告别自己的青春。当时虽然是一大早，但仍有很多妇女把脸贴在窗上张望。她们高声地议论着，都说源氏仍然是个美男子。这使这位亲王觉得更应该赶快离开了。

　　他们走了三天，到了那座荒山野岭上的僻静佛堂。小屋建在一棵百年老槭树下。此时正值秋天，茅草的屋顶又盖上了一层金黄色的落叶。这里的生活是孤独的，比源氏年轻时长期在外颠沛流离的生活还要简朴、艰难，而这位高雅的亲王则终于充分领略到，别无他求是一种最大的享受。不多日，冬天就来临了。山坡被白雪覆盖，像是棉衣的棉絮，浓雾遮住了太阳。从清晨到黄昏，源氏借着火盆暗弱的光亮诵经念佛。今后，他不会去读那些情诗了，但是在经书中，他却体会到了最哀婉动人的情诗所没有的一种韵味。没有多久，他发觉视力在减退，似乎是为那些病弱情人所流的泪水浸坏了他的眼睛。他可能已经意识到，对他来说，黑暗将在死亡之前到来。有时，一个冻得发僵的信使从国都来到这里，因劳累和冻疮而拐着一双脚，恭敬地向他呈上亲戚们或朋友们的书信，说他们很想在这个世界上再拜见一下他，因为死后能否见到他是靠不住的。然而，源氏担心这只能引起客人们的怜悯和尊敬。这是他最讨厌的两种感情，他宁愿被人们忘掉。所以他只是忧郁地摇摇头。这位素以能诗善书著称的亲王，只交给来人一页白纸，就把他打发走了。渐渐地，同国都的联系就越来越少了。虽然亲王远离国都，但是过去曾由他指挥的各种节日庆典却照常年复一年地进行。源氏并不认为自己现在这种凄惨的孤独生活有什么不体面，只是他的眼疾日益严重，因为他不再为哭泣而感到难为情了。

　　有两三个过去的情人，曾请求同他一起过这种充满对往事回忆的孤独生活。其中最温柔的来信都是花散里夫人写来的：她出身并不很高贵，相貌亦非惊人。她曾忠心耿耿地为源氏的妻子们做了多年贴身伴娘，并且在十八年中始终爱着亲王，从未因忍受痛苦而不耐烦。有时，亲王也夜访这位夫人，尽管这就像雨夜的星星一样难得，却足以给花散里夫人不幸的生活带来光明。她对自己的容貌才智和出身都不抱什么幻想，然而在他众多的情妇当中，她却是唯一一位对源氏抱有温柔的感激之情的夫人，因为她觉得，他能爱上她，这本身就很不寻常了。

　　由于写去的信一直没有回音，她就租了一驾很普通的马车，来到了孤独的亲王隐居的小屋。她胆怯地推开树枝编的栅栏门，面带谦卑的微笑，跪下来请亲王原谅她的到来。这时的源氏，当离他很近的时候，还能认出来人的面孔。一见到她，他心中升起一股苦涩的怒火，这个女人唤起了他对往事的伤心回忆。与其说是因为看到了她，倒不如说是因为她袖中散发出了他的亡妻们过去用的熏香的气味。她苦苦哀求他，至少把她当作侍女留在身边。他平生第一次这样无情地把她赶走了。不过，在伺候亲王的老随从中，有几个是她的朋友，他们时常给她通些消息。她也是平生第一次这样冷酷无情，远远地注视着源氏双目失明的进展，就像一个急于和情人相会的女人焦急不安地等待着夜幕的完全降临。

　　当得知他几乎完全失明以后，她就脱下在城里穿的衣服，换上村姑们穿的粗布短裙衫，头发也照她们的样子编了起来，背上一包村里集市上卖的那种布和陶器。装扮停当，她就坐车来到亲王隐居的地方，那里只有狍子和孔雀与他做伴。最后一段路，她改为步行，为的是让泥浆和疲劳帮她完成自己的角色。温柔的春雨落在松软的土地上，黄昏的最后一丝亮光也消失在雨中。这时，源氏身着地道的僧衣，正漫步在山间小路上。侍从们怕他被绊倒，已经把所有的石子从路上精心地捡了出去。他面无表情，由于失明和上了年纪，脸上失去了光泽，过去极为俊美的脸庞，现在就像是一面铅灰色的镜子。看到这副模样，花散里夫人根本不用装就哭了起来。

听到这女人的呜咽，源氏不禁一颤，他慢慢地向哭声走去。

他不安地问道："这位女子，你是谁呀？"

"我是农夫庄平的女儿，我叫浮舟。"她学着村里人的口音说，"我与母亲一同去城里买布料和锅子，因为我下个月就要出嫁了。可我却在山中的小道上迷了路，我就哭了，因为怕有野猪和魔鬼，怕遇上坏男人和鬼魂。"

"你都湿透了，姑娘。"亲王把手放在她的肩头说道。

她的确已经淋得透湿。这双她非常熟悉的手的接触，使她浑身上下，从发梢直到脚尖都为之颤抖。然而源氏很可能以为她是冻得发抖。

亲王又用动人的嗓音说道："到我的小屋里来吧。虽然我火盆里的柴还没有灰烬多，但你总能暖和一下身子。"

她跟着他去了，并且尽量模仿村姑走路的憨样。两人跪在快要熄灭的火盆旁。源氏把手伸到火上烤着，然而花散里夫人却不把指头伸开，因为一个乡下姑娘的手指可没有这么纤细。

过了一会儿，源氏叹着气说："我是个瞎子。姑娘，你不必害羞，把衣服脱下来烤烤火吧。"

她顺从地脱下了农妇的裙衫。火光映红了她那像是白色琥珀雕成的苗条身躯。突然，源氏低声说："姑娘，我欺骗了你，我还没有完全失明，透过一层薄雾，我能隐隐约约地看到你，也可能这雾只是你的美貌发出的光晕。让我把手放在你的胳膊上吧，你的胳膊还在发抖呢。"

这样，花散里夫人又做了源氏的情妇，她过去曾谦恭地爱了他十八年之久。她也没有忘记装出处女初恋的羞怯和泪眼。她仍然葆有惊人的青春活力，而亲王的眼神又很不济，根本看不见她头上也有几根灰白的发丝。

云雨之后，夫人跪在亲王面前说："亲王大人，我也欺骗了您。虽然我是农夫庄平的女儿浮舟，但我并没有在山中迷路。只是您的英名传到了村里，我就自己来了，为的是在您的怀抱中寻找爱情。"

源氏摇摇晃晃地站了起来，就像一棵突然受到寒风的袭击而摇动的松树一样。他咆哮了起来："你这该死的女人，你又让我想起我最凶恶的敌人，那个两眼炯炯有神的英俊亲王，他的形象使我每天晚上不得安眠……你给我滚……"

花散里夫人就这样离开了，为自己犯下的错误而深深地懊悔。

此后的几个星期，源氏都是孤独一人，忍受着痛苦。他沮丧地发觉，自己仍然受着这个世俗世界的诱惑，而且对脱出红尘去过另一种生活，几乎毫无准备。浮舟的到来，又唤醒了他对女人的渴望：纤细的手腕，富有曲线的丰满胸脯和动人而又顺从的笑容。自从失明以后，触觉成了他接触世上美好之物的唯一方法。他逃遁到自然中来，但现在自然景色却不像过去那样给他以安慰。因为小溪单调的流水声远没有女人的声音动人，起伏的丘陵和缕缕白云他又看不见，况且，他也摸不到那云朵，它们离得太远，太远。

两个月后，花散里夫人又做了第二次努力，这一回，她精心地打扮并且熏了香。她的穿戴很漂亮，却又故意给人平庸和羞怯的感觉；衣服熏了香，但也只是很一般的香，故意使人觉得，这是个出身于外郡体面家族的少妇，她缺乏想象力，也从未见过宫廷生活的大世面。

这一回，她雇了一乘轿子，不过不是城里那种很好的轿子。她故意在天完全黑下来以后才来到源氏的小屋附近。在山里，夏天的夜晚降临得也早一些。源氏正坐在槭树下听着蟋蟀的鸣叫。她走近他，用扇子遮住半边脸，面带羞色地低声说："我叫千代，大和国七品贵族须贺津的妻子。我到伊势神社去进香，不巧，一个轿夫刚才扭伤了脚，所以天亮前不能继续赶路了。请指给我一间小屋，让我能住一夜而又不致引起流言蜚语，并且让我的侍从也休息一下。"

亲王悲凄地答道："难道还有比一个瞎老头子的屋更不怕引起流言蜚语的地方吗？我的小屋太小了，你的侍从们就只好在这棵树下安顿一下了，不过，我会把我唯一的铺让给你。"

他摸索着站起身来给她引路。他连抬眼看她一下都没看，所以她看得出来，他已经完全失明了。

　　待她在铺着枯叶的铺上躺下后，源氏就又回到了满目凄凉的老地方：坐在小屋的门槛上。他很伤心，而且甚至连这位少妇是否漂亮都不知道。

　　夜很热，月光也很明亮。瞎子那仰起的面孔在银色月光映照下，就像白玉雕成一般。过了好一会儿，花散里夫人离开了床铺，也坐到了门槛上，她叹了口气，说道："夜色多美啊，而且我也没有困意。请允许我唱一支心里的歌吧。"

　　不等他回答，她就唱起了一首抒情歌。亲王一直非常喜爱这支歌，因为他曾听最宠爱的紫夫人唱过多次。听到歌声，源氏局促不安起来，他慢慢挨近了这位陌生的夫人。

　　"你从哪里来？你知道我年轻时喜欢的歌，你简直就是弹奏往昔曲调的琴，让我来拨动你的琴弦吧。"

　　他用手轻轻抚弄着她的头发。过了一会儿，他问道："唉！这位大和国的夫人，难道你的丈夫不比我更年轻英俊吗？"

　　"我丈夫没有你英俊，看上去也不比你年轻。"花散里夫人只是这样简单地回答了一句。

　　就这样，靠乔装打扮，花散里夫人又成了源氏的情妇，其实她过去就是属于他的。第二天一早，她帮他煮了一锅热粥，亲王对她说："夫人，你既能干又体贴人，我相信，就连在爱情上非常走运的源氏亲王也没有比你更温柔的情人。"

　　她摇摇头说："我从没有听说过源氏亲王。"

　　"怎么！"他痛苦地嚷道，"他这么快就被人们忘了吗？"

　　结果，他一整天都闷闷不乐。她明白这一回自己又失策了。不过，源氏并没有说起要赶她走，看来，能听到她的绸裙在草地上的窸窣声，他感到很高兴。

　　秋天到了，山上的树木变成了无数身穿紫红和金色服装的仙女，不过只要寒冷的天气一来临，这些仙女就一定会死去。花散里夫人向源氏描述着这一片片灰褐、金褐和紫褐的颜色，而且特别留意只是偶尔才提起这些颜色，并且每次都避免显出是她告诉他的。她经常编些匠心独具的花环，做些虽然简单但很精美的饭菜，把动人而又伤感的古老曲调填上新词，来让源氏高兴。过去，他偶宿她的住处时，她就施展过这些魅力，那时她是源氏的第五妾，只不过他当时还有别的女人分心，所以未曾留意罢了。

　　晚秋时节，沼泽里升起阵阵热气。昆虫在恶浊的空气中迅速地繁殖。吸一口气，就像是在毒泉里喝了一口臭水。源氏病倒在垫有枯叶的铺上，他知道自己再也起不来了。他很虚弱，而且病魔缠身，只得让这位夫人低三下四地侍奉自己，他因此而感到很羞愧。在整个一生中，他对每件事都要既找出其最独特之处，又要找出其最感人之处。目前，他们的爱情是甜蜜的，但他现在体会到的只有另一种感情，一种由全新的然而又是悲惨的厮守所产生的感情。

　　一天早晨，夫人正在给他按摩腿，他撑着坐起来，摸索着抓住她的手说："夫人，你正在照料一个快要死的人。然而我却欺骗了你。我就是源氏亲王。"

　　夫人道："我来到你身边时，只是一个无知的外郡女人，并不知道源氏亲王是谁。现在我知道了，他是世上最英俊、最令人渴望的男人，不过，即使你不是源氏亲王，我也会爱你的。"

　　源氏对她的话报以微笑。可以说，失明以后，他的眼神就靠嘴的动作来表达了。

　　"我就要死了。"他艰难地说，"我并不抱怨同花朵、昆虫和星星生活在一起的命运。在这个一切都像是梦幻的世界上，人们是会后悔长生不老的。我也不抱怨世上的东西、生物和感情会消失，因为从某种意义上讲，它们的美好之处正在于此。使我感到痛苦的是，它们都是绝无仅有的。过去，我曾坚信，在我生命的每一时刻都会获得一种不会重复的新发现，这曾是我最大的乐趣。现在，我感到非常羞愧，就像一个有特权的人独自出席了一个只举行一次的豪华庆典。世上的万物啊，你们的见证人只有一个正在死去的瞎子……其他女人将像鲜花一样开放，像我爱过的女人一样也会微笑，但又和她们的微笑不同，而且曾使我销魂的美人痣，在她们脸上也会挪一个地方，其他人也会像我们一样，为爱情而心碎，而流泪，只不过流的不再是我们的眼泪。一双双因为兴奋而发潮的手还会相握在盛开的樱花树下，不过落下的花雨也不再是我们那时的花雨，因为即使是为了同一种好事，已落下的花也不会再落一次。啊！我觉得自己像个被洪水卷走的人，渴望至少能找到一小块仍然干燥的土地，存放几封发黄的信札和几把褪了色的扇子……我总在怀念你，我的第一位妻子，蓝夫人，直到你死后，我才相信了你对我的爱，可是我死以后，对你的怀念会变成什么呢？还有你，牵牛花舍夫人，你死在我的怀中，因为你嫉妒的对手一心只想独享我的爱情，我对你负疚的怀念又会变成什么呢？还有你们，漂亮的继母[1] 和年青的妻子[2]，我总想起你们的心计，是你们先后让我懂得了，合谋私通和被妻子欺骗，要遭受什么样的痛苦。还有你，园中蝉夫人，我时常想起你的机敏，你因为羞耻而避开了我，使我只能从你的小弟弟身上得到安慰，因为他稚气的脸上露着女人羞怯的微笑。还有你，可爱的长夜夫人，你是那么温柔，你曾同意只在我的家里和心上占第三位。还有农夫庄平的女儿，我对你充满了田园诗般的回忆，你只是爱我的过去。还有你，亲爱的千代，你正在给我揉脚，特别是你，我充满了美妙的回忆，当然，你还没有成为我的回忆。我真应该早些遇见你，不过，一只果子保存到深秋也是有道理的……对你们所有人的回忆，在我死后，会变成什么呢？"

他非常悲伤，又把头躺到了硬邦邦的枕头上。花散里夫人俯下身来，用颤抖的声音低声说："难道在你的府里就没有另一个没有提到名字的名人吗？莫非

1　指源氏与之有私情的藤壶母后。
2　指源氏哥哥的三女儿，她嫁给了源氏，后曾与别人私通，并生有一子。

她不温柔？她不是叫花散里夫人吗？你想想看呀……"

　　但是，源氏亲王脸上已经露出了只有死人才有的安详神态。所有痛苦都结束了，也就从他脸上抹去了一切厌烦和悲痛的痕迹，并且似乎使他相信自己还是十八岁的小伙子。花散里夫人扑倒在地上，不顾一切地哭喊了起来，咸涩的泪水像一场暴雨，冲刷着她的双颊。一把把扯掉的头发，像一团团青丝飘落下来。是啊，唯一被源氏遗忘的，正是她的名字啊！

鉴评：虚妄之爱

尤瑟纳尔是当代法国的一位学者型的文学家，以其广博精微的学识、凝练雅美的文笔、深邃隽永的意味著称于世。她于一九八〇年当选为法兰西学院有史以来的第一位女院士，成为法国当代文化奥林匹斯山上的四十个"不朽者"之一，就此一事，即可见她文学声誉之高。

这是西方人笔下的东方爱情故事，对于一个毫无古代东方生活经验的现代西方女性来说，这个异域题材能写出什么名堂？且看这位有深厚文化修养、有高超智慧的作家是如何出手不凡。

在这个短篇里，尤瑟纳尔固然表现了典型的古代东方的爱情形态，即男权至上观、男性唯我主义、男子中心主义与女性的奴婢地位、妇女的封建义务，但她更感兴趣的是要深入探测与揭示这种爱情中某种喜剧性的悲剧矛盾。

对源氏亲王来说，他双目失明后自以为在邂逅中得到了"两个情妇"，其实这不过是他从前一个婢妾的两次化装。他对这"两个情妇"都充满了美妙的回忆与深厚的感情，但这"两个情妇"的同一本体花散里夫人过去一直被他视为粪土。这里，虚妄的、不可靠的感觉与客观现实之间存在着喜剧性的矛盾，这种矛盾反证出东方王爷的爱的虚妄、不可靠的性质。

对于花散里夫人来说，她虽然实实在在地承受了王爷的两次挚爱，却因为王爷根本不记得她作为被冷落时的婢妾的名字而痛不欲生，在这里，"名"与"实"之间同样也存在着喜剧性的矛盾，存在着对自我"实"的一种异化。作者的描写无疑带有一种辨析性的讽嘲，可以说是对东方封建爱情心理、异化的爱情心理所做的一次绝妙的形象性的批判考察。

这次我演什么角色

[美国] 冯尼格特

傅惟慈 译

作者简介

　　冯尼格特（1922—2007），美国作家。生于建筑师家庭。青年时期从事自然科学研究，第二次世界大战时期被征入伍，曾被俘，因于德国集中营，战后当过新闻记者。20世纪50年代开始成为职业作家。主要作品有《自动钢琴》《泰坦族的海妖》《夜妈妈》《猫的摇篮》《第五号屠场》等。《这次我演什么角色》选自他的短篇小说集《牢狱欢迎你》。

　　经过表决，我参加的那个业余剧团——北克劳弗尔德假面假发俱乐部，决定这年春季上演田纳西·威廉斯[1]的《欲望号街车》。一向担任导演的多蕾斯·莎耶声明这次她不能导演了，因为她妈妈病得很厉害。她还说，即使她可以没灾没病地活到七十四岁，也不会永远不死，所以俱乐部早晚还是得另外培养一

────────────

[1]　田纳西·威廉斯，原名托玛斯·兰尼尔·威廉斯，美国剧作家。

些导演。

就这样，导演的差事落到我头上了，尽管过去我唯一导演过的是怎样安装经我手卖出的成套的铝制御风窗户和窗挡。我干的就是这一行，推销御风门窗，有时候也捎带卖一两件浴盆围屏。讲到演剧，我在舞台上扮演的最重要角色不是管家就是警察。至于这两种角色究竟哪个更重要，我倒没研究过。

在答应担任导演的职务以前，我提出了一大堆条件，首要的一条就是一定得让我们独一无二的真正演员哈里·纳什在这出戏里扮演马尔伦·布兰多的角色。为了让你们对哈里塑造人物的才华有所了解，我这里不妨说一下他在一年之内连续扮演过的不同角色。首先是《凯因舰叛乱》中的奎格舰长，其次是《林肯在伊利诺斯州》里的亚伯拉罕·林肯，最后又在《月亮是蓝色的》里出演了那位年轻的建筑师。接着在下一年，他又在《千日女皇》中演亨利八世，在《归来吧，小舍巴》中演医生。我这回导演《欲望号街车》看中了他，一定叫他扮演马尔伦·布兰多。开会的那天哈里并没有表示他愿意不愿意接受这个角色。他从不参加任何会议。哈里性格非常腼腆。他不参加会议倒不是因为他有什么别的事，他还没有结婚，他不同女孩子出去闲逛——就连要好的男朋友他也没有。不论什么样的集会他都不出席，因为要是手里不拿着剧本，他从来不知道自己该说什么，该做什么。

第二天，我只好到哈里当小职员的米勒五金店跑一趟，当面问问他是否肯演这个角色。在去五金店的路上，我顺便到电话公司去了一下。电话公司要我交往檀香山打的长途电话费，我告诉他们不该要我交费，我这辈子从来没往檀香山打过电话。

电话公司柜台后面坐着一位漂亮姑娘，我过去从来没见过。她向我解释，公司最近安装了一台自动计费机，这台机器有一些小毛病还没有完全排除，因此时时弄出差错来。"不仅我没有往檀香山打过电话，"我告诉她，"我想北克劳弗尔德没有一位居民往那里打过电话，将来也不会。"

于是她就把这笔电话费从我的账单上勾销了。我问她是不是北克劳弗尔德附近的人。她说她不是。她说她是最近随着这台新安装的自动计费机一起到这里来的，为的是教会本地的女孩子如何照管这台机器。"是啊，"我说，"只要机器需要有人跟着，我想是不会出什么大问题的。"

"什么?"她问。

"什么时候机器自己向各地发货，"我说，"那时麻烦就要来了。"

"啊。"她只是叫了一声。她对这个问题似乎并不怎么感兴趣，我很怀疑她会对什么事感兴趣。看起来，这个姑娘脑子有点迟钝。她自己就像架机器，电话公司的一架殷勤有礼的自动机器。

"你在这里要待多久?"我问她。

"我在每个城镇待八个星期，先生。"她说。她的眼睛非常蓝，但是那里面并没有希望或者好奇的闪光。她告诉我两年来她一直这样从一个城镇转到另一个城镇，不论到哪儿都永远是个陌生人。

这时候我忽然有个想法：这个姑娘在那出戏里扮斯苔拉倒蛮不错。斯苔拉是我想让哈里·纳什扮演的马尔伦·布兰多的妻子。于是我告诉她，我们在什么时候、什么地点对演员进行一次面试，如果她愿意来试一试的话，俱乐部将非常欢迎。

她露出一副吃惊的样子，说话的语气也比刚才热情了。"你知道，"她说，"这还是别人第一次邀请我参加团体活动呢。"

"是啊，"我说，"想要很快地结交一些规矩、正派的人，莫过于同他们一起演戏了。"

她告诉了我她的姓名。她叫海伦·肖。她说没准她会叫我吃一惊——也叫她自己吃一惊的。她说她多半会去参加面试。

你也许会认为哈里·纳什这样演了一出戏又一出戏，北克劳弗尔德的观众会倒了胃口吧? 但事实是，北克劳弗尔德很可能对他的演戏才能永远也欣赏不够，因为一上台，哈里就完全不是他自己了。只要北克劳弗尔德中学体育厅舞台上的褐红色幕布一拉，哈里就完全投入了剧本中的人物，完全变成了导演叫他表演的角色。

有一次有人建议哈里去找个精神分析医师谈一谈，说不定他的真实生活也会变得更有光彩一些，会成为一个重要人物——这样的话，他就可以讨上老婆，也许还能捞上一个更好的工作，不必在米勒五金行当周薪五十块钱的小职员了。但是就我个人来说，除了全城的人早已熟悉的事实外，我不知道精神分析学家还能在他身上挖出什么新鲜东西来。哈里的麻烦是，他在襁褓里就被扔在唯一神教派教堂门口，他从来也不知道自己的父母是谁。

当我在米勒五金行里告诉他我被指派担任导演，我需要他扮演一个角色时，他回答的是每次人们邀请他演出时他惯常回答的话——要是往深里想一想，你就会觉得他那话有些凄苦的味道。

"这次我演什么角色?"他问。

这样，我就在每次进行面试的地方——北克劳弗尔德公共图书馆的二楼，叫每个演员做了一次表演。前任导演多蕾斯·莎耶亲自来给我传授她的宝贵经验。我们两人坐在二楼的宝座上，想当演员的人都在楼下等着。我们一个个地叫他们上楼来面试。

哈里·纳什也参加了这次考试，虽然这纯粹是浪费时间。我猜想，他到这里来是因为不想放弃这短短的一会儿表演机会。

为了叫哈里高兴，也为了使我们自己开心，我们让他读了一段台词，从他痛打自己老婆的一段开始。哈里的演出可以说是一出完整而精彩的短剧，就连剧作家本人都没有写出来。比如说，田纳西·威廉斯在原剧中就没有让这位体重一百四十五磅、身高五英尺八的哈里一拿起剧本，体重凭空又增加了五十磅、身高又长了四英寸。哈里那天穿的是一件双排扣、后摆打褶的小学生毕业礼服上衣，系着一条漂亮的红领带，上面还别着一个马头饰物。他把上衣脱掉，摘下领带，解开领扣，背对着我和多蕾斯，先为进入角色酝酿情绪。他的衬衫虽然很新，可是背后却有一个大口子。这是他有意撕的，为了从一开始就更符合马尔伦·布兰多的形象。

当他再转过脸来对着我们的时候，他变得高大、漂亮，外加有些傲慢、残忍。多蕾斯朗读他妻子斯苔拉的台词。哈里开始欺侮起这位老奶奶来，弄得连她自己也觉得她就是那个怀了孕的可爱少妇，不幸嫁了个要把自己打个脑浆迸裂，只有兽欲、不通人情的大猩猩。她叫我也相信了事实真是这样。我读的是斯苔拉的姐姐布朗什的台词。哈里也把我吓得够呛，倒仿佛我真的是个芳华已过、纵饮无度的南方美人似的。

演完了这一场，当我和多蕾斯像是逐渐从麻醉中缓醒过来，激动的情绪慢慢平静下来的时候，哈里把手中的舞台脚本一放，穿上上衣，系上领带，又恢复成一个庸碌平凡的五金行小职员了。

"我演得——演得还成吗？"他说，倒好像他肯定我们不会分派给他这个角色似的。

"怎么说呢，"我说，"第一次演成这样，已经很不错了。"

"你看有没有可能让我担任这个角色？"我真不懂，为什么他总是装作没有把握分配到一个角色似的，但他说这话一点也不是作假。

"我们演这出戏主要就靠你了。我这么说绝不是夸大其词。"我告诉他。

他高兴得要命。"谢谢！太谢谢了！"他一边说一边摇动着我的手。

"楼下有没有一位漂亮的姑娘？"我说。我指的是海伦·肖。

"我没有注意。"哈里说。

我们发现，海伦·肖还真的来参加这次面试了，可是多蕾斯和我却差点急得要哭出来。我们原来以为北克劳弗尔德假面假发俱乐部终于找到一个既年轻又漂亮的姑娘送上舞台，不必再像过去那样用一个风姿全无的四十岁老娘儿们来代替妙龄女郎了。可是真没想到，海伦·肖一点演戏的才能也没有。不论我们叫她读什么角色的台词，她总是那个摆着同一副笑脸、应酬任何一个查询电话费的顾客的女孩子。

多蕾斯想辅导辅导她，叫她理解剧本里的斯苔拉是个非常热情的少女，斯苔拉爱上了一只大猩猩是因为她需要一只大猩猩。但是海伦还是照老样子读了一遍台词。我想就是火山爆发也不会惊动她，叫她"噢"的一声喊出来。

"亲爱的，"多蕾斯说，"我想问你一个有关你个人的问题。"

"问吧。"海伦说。

"你恋爱过没有?"多蕾斯说，"我问这个问题的原因是，"她接着说，"如果你回忆起过去的一次恋爱，你表演的时候就可以有一些激情。"

海伦皱着眉头，努力思索着。"怎么说呢，"她说，"我总是从一个地方跑到另一个地方，你知道，凡是我去的公司，所有的男人差不多都结了婚，我去哪个地方也待不长，从来没有认识几个没有结过婚的人。"

"那么你在学校念书的时候呢?"多蕾斯说，"在学校里最初的恋爱，还有以后同别人谈恋爱的事?"

海伦使劲想了半天，最后说:"就是上学的时候我在一个地方也没有待长过。我父亲是个建筑工，老随着工地转，所以我对那些地方总是在说'哈啰'或者'再会'。说这两句话之间从来没有发生过什么事。"

"唔。"多蕾斯说。

"爱上电影明星算不算?"海伦问，"我不是说在现实生活里。我一个电影明星也不认识。我是指银幕上的。"

多蕾斯看看我，转动着眼珠子。"我想这也可以算是一种爱情。"她说。

这时海伦的情绪显得有些热烈了。"有不少电影我常常看了一遍又一遍，"她说，"幻想我同电影里的男明星结了婚，不管是哪个明星。电影明星总是同我们在一起，不论我们走到哪儿，总可以见到他们。"

"嗯哼。"多蕾斯说。

"好吧，谢谢你，肖小姐，"我说，"你先到楼下去，跟大家一块儿等一会儿。我们一会儿就通知你结果。"

我们又开始搜寻另外一个斯苔拉，但是我们就是找不到。俱乐部里没有一个女人身上还带着青春的露珠。"我们只有布朗什们。"我说。我的意思是说我们只有能扮演半老徐娘布朗什的——斯苔拉的芳华已过的姐姐。"生活就是这样，我想——二十个布朗什对一个斯苔拉的比例。"

"而在你找到了一个斯苔拉的时候，"多蕾斯说，"你却发现她连爱情是什么都不知道。"

多蕾斯和我最后决定，只有一件事我们还可以试一试。我们可以叫哈里·纳什同海伦一块儿对对台词。"说不定他会叫她冒出一点热气来。"我说。

"这个姑娘的身体里根本就没有热气。"多蕾斯说。

于是我们向楼下面喊了海伦一声，叫她再上来一下，我们又叫人把哈里找来。面试的时候，哈里从来不同别人坐在一起——排演的时候也是这样。只要他的戏一完，他就找一个隐蔽的地方躲了起来——他听得到别人叫他，别人却看不见他。在公共图书馆考试的时候，他一般总是躲在工具书阅览室里，翻看字典前面的各国国旗消磨时间。

海伦回到楼上来，我们发现她刚才一直在哭，感到很同情，也很惊讶。

"噢，亲爱的，"多蕾斯说，"噢，我的——你这是怎么回事啊，亲爱的?"

"我演得太糟了，是不是?"海伦耷拉着脑袋说。

多蕾斯说的是业余剧团里任何一个人见到有人流眼泪时都会说的话。她说："怎么能这么说，好极了，亲爱的——你演得精彩极了。"

"不是的，我演得太糟了。"海伦说，"我只不过是一只两条腿的冰箱，这我知道。"

"谁看见你都不会这么说。"多蕾斯说。

"只要他们认清楚我，就会这么说的，"海伦说，"只要他们认清楚我，他们说我的就是这句话。"她的眼泪流得更凶了。"我自己也不愿意像现在这个样子。"她说，"可我没法不那样，我一辈子过的生活就是这样子。我唯一的爱情体验就是在那些狂乱的梦境里——在我梦到电影明星的时候得来的。在现实生活里只要我遇见一个体面的人，我就觉得自己好像是罩在一个大玻璃瓶子里，好像不论我怎么努力也摸不着他。"说到这里，海伦往四周推了推，仿佛她真的是在一只大瓶子里似的。

"你问我是不是谈过恋爱，"她对多蕾斯说，"我没有，——但是我真是想啊。我知道这个剧本的内容是怎么回事。我知道斯苔拉应该有什么样的感情，为什么有这种感情。我——我——我——"她想说下去，却被泪水哽噎住了。

"你要说什么，亲爱的?"多蕾斯温柔地说。

"我——"海伦说，她又用手推了推幻想中的玻璃瓶。"我就是不知道该怎样开始。"她说。

楼梯上咕咚咚地响起了沉重的脚步声，听起来像是一个穿着铅底厚鞋的深海潜水员正在往楼上走。上来的是哈里·纳什，他正在把自己变成马尔伦·布兰多。他一下子闯了进来，简直可以说是拖着脚进来的。他这时已经深入角色里，所以一看到这个哭哭啼啼的女人，不觉嗤之以鼻。

"哈里，"我说，"我想叫你认识认识海伦·肖。海伦——这位是哈里·纳什。如果你演斯苔拉，他在剧里就是你丈夫了。"哈里并没有伸出手来同她握手。他的手插在口袋里，耸着肩，从上到下地打量了她一遍。他的目光就像把她的衣服剥光了一样。海伦的眼泪立刻就不流了。

"我不知道你们两人可不可以演一下打架的那一场，"我说，"接着再演一下重新和好的一场。"

"当然可以。"哈里说，目光仍旧停留在她身上。他的两只眼睛一下子就把她的衣服烧光，其速度之快叫她连再穿也来不及。"当然可以，"他说，"要是斯苔拉愿意的话。"

"什么?"海伦说,脸早已变成蔓越莓汁的颜色了。

"斯苔拉——斯苔拉,"哈里说,"你就是斯苔拉,斯苔拉是我的老婆。"

我把舞台脚本给了他们俩。哈里把他的一份从我手里拿过去,连谢一声也不说。海伦的手却不那么听使唤,我不得不把着她的手叫她把脚本拿住。

"我得有一件能够摔出去的东西。"哈里说。

"什么?"我说。

"剧本里有一个地方我得把一台收音机扔到窗口外面去。"哈里说,"我扔什么呢?"

我告诉他有一个铁镇纸可以权当收音机用,接着我又把窗户打开。海伦·肖的样子像是把魂儿都吓掉了。

"你想叫我们从什么地方开始?"哈里说。他晃动着肩膀,像是个职业拳击家在做准备动作。

"从你往窗户外扔收音机前几行开始。"我说。

"Ok(好),Ok!"哈里说,一直不停地做准备运动。他看了看舞台指号说明。"让我们瞧瞧,"他说,"在我把收音机扔出去以后,她就从舞台上跑下去,我在后面追,我狠狠地打了她一拳。"

"不错。"我说。

"Ok,姑娘。"哈里对海伦说,眼皮垂了下来。下面即将发生的事比《本·赫》[1]里赛马车的场面还要疯狂。"各就各位,"哈里喊道,"预备,跑。"

这一幕演完后,海伦·肖浑身热汗,瘫软无力,像个刚刚搬运完灰泥的小工。她坐在那里张着嘴,头向一边耷拉着。她已经从玻璃瓶子里出来了。再没有玻璃瓶把她既干净又安全地套在里面了。瓶子已经没有影了。

"这个角色给不给我演?"哈里对我吼叫道。

"可以给你。"我说。

"一言为定!"他说,"我走了……再见,斯苔拉。"他对海伦招呼了一句,说完一转身就走了。门在他身后砰的一声关上。

"海伦,"我叫道,"肖小姐。"

"唔?"她说。

"斯苔拉这个角色是你的了,"我说,"你太了不起啦!"

"我了不起?"她说。

"真没想到你有这样的激情,亲爱的。"多蕾斯对她说。

"激情?"海伦说。她不知道自己是站在地面上,还是骑在马背上。

"简直是流星烟火,是冲天炮,是'罗马蜡烛'[1]!"

"唔。"海伦说。这是她能发出的唯一声音。从她的样子看,好像她这一辈子都要张着嘴巴坐在这张椅子上了。

"斯苔拉……"我说。

"嗯?"她说。

"我现在允许你走了。"

就这样,我们开始在北克劳弗尔德中学的舞台上排演起《欲望号街车》来。每周排演四次。哈里和海伦起了带头作用,四次排演还没有完,全班人马已经个个兴奋到半疯狂的程度,而且人人都累得快垮了。在一般情况下,导演总是要求演员把台词熟记下来,可是我却用不着为这个操心。哈里和海伦两人的合作可以说是天衣无缝,使得其他的演员都把配合他们演好这出戏当成自己的职责、荣誉和莫大的快慰。

我这次当然非常走运——或者说我认为自己非常走运。一切都进行得极其顺利,演员排演得又热烈又紧张。有一次演完了爱情场面后,我不得不预先叮

1　罗马蜡烛是一种花炮。

嘱哈里和海伦说："你们好不好留着点劲儿等正式演出再使？这样子你们会把自己累垮的。"

我说这话不是在第四次就是第五次排演，扮演年华已过的姐姐布朗什的演员，这时正好坐在我旁边。我们俩在观众席上。在真正的生活里，她是凡尔恩·米勒的妻子。米勒五金行就是这位凡尔恩开的，所以凡尔恩是哈里的老板。

"丽迪亚，"我说，"这真是一场好戏，你说是不是？"

"不错，"她说，"真是一场好戏。"从她的话音听来倒好像我做了什么不法的事，干了什么可怕的勾当似的。"你真应该感到自豪啊！"

"你这是什么意思？"我说。

丽迪亚还没有回答，哈里就从舞台上向我吼叫起来，问我还有没有别的事，问我他可以不可以回家去。在我告诉他可以回去之后，哈里——这时他仍然是马尔伦·布兰多——就昂首阔步地走了出去，一路走一路踢家具，把门摔得乒乓乱响。海伦孤零零地留在舞台上，坐在长沙发上，一副神不守舍的样子，正同她那次面试的神情一样。这个姑娘已经一点力气也没有了。

我又转过头来对丽迪亚说："怎么说呢？到目前为止，我想我是有十足的理由感到快乐和骄傲的，也许有点什么事我没注意到吧？"

"你难道没看出来那个姑娘爱上哈里了吗？"

"在戏里面？"

"什么戏里面？"丽迪亚说，"现在不是在演戏了。你看看她坐在那里的样子吧。"她咯咯地笑了两声，笑声有些凄苦。"现在导演这出戏的不是你了。"

"是谁？"

"是人的天性，是人性的恶作剧。"丽迪亚说，"你不妨想一想，等到那个姑娘发现哈里是怎么样一个人以后，她怎么办？"接着她又纠正自己说，"发现哈里不是这么样一个人以后，她怎么办？"

　　我对这件事没有干预，因为我认为这不是我该管的事。后来我听说丽迪亚确实对这件事插了手，但是并没有收到什么效果。

　　"你知道，"一天晚上丽迪亚对海伦说，"有一次我演安·路特雷芝[1]，演亚伯拉罕·林肯的是哈里。"

　　海伦拍起巴掌来。"哎呀，简直太妙了。"她说。

　　"从某个方面讲，也许是这样。"丽迪亚说，"有时候我非常激动，我觉得我真的会像爱亚伯拉罕·林肯那样爱哈里。但是我还是得回到现实中来，警戒自己说，他永远也不会去解放黑奴，他只不过是我丈夫开的五金行里的一个小职员。"

　　"他是我遇到的人里面最了不起的一个。"海伦说。

　　"当然了，在你和哈里同台演出的时候，有一件事你必须心里有数，这就是你得知道戏演完了将要发生什么事。"

　　"你在说些什么?"海伦说。

　　"戏一演完，"丽迪亚说，"不管你过去把哈里想成怎样一个人，就都要烟消云散了。"

　　"我不相信。"海伦说。

　　"我承认这是很难相信的。"丽迪亚说。

　　这时海伦有些不高兴了。"再说，你为什么要告诉我这个?"她说，"即使真是这样，我也不在乎。"

　　"我——我不知道。"丽迪亚说，劲头不像刚才那样大了，"我——我只不过在想，也许你会觉得这很有趣。"

　　"我不觉得有趣。"海伦说。

　　丽迪亚灰溜溜地走开了，像她在剧中人应该感到的那样，既邋遢又不招人

1　路特雷芝是林肯年轻时的未婚妻。

喜爱。从此以后，再没有人向海伦谈起这件事，再也没有人警告她不要对哈里钟情了。甚至人们听说她已经向电话公司提出，不想再随着机器到处转，打算长期待在北克劳弗尔德以后，也没有人同她提起这件事了。

就这样，正式演出的日子终于到了。我们连演三个晚上——星期四、星期五、星期六，观众如痴似醉。台上说的每一句话他们都信以为真。最后，当褐红色的幕布落下来以后，观众真有心同那个年老色衰的姐姐布朗什一起到疯人院去。

星期四晚上，在电话公司工作的几个女孩子送给海伦一束红玫瑰。当海伦同哈里一起出来谢幕的时候，我从脚灯上面把玫瑰递过去。海伦走到前面来把花接过去，从花束里抽出一朵预备送给哈里。但是当她转过身去，正要当着观众面递过去的时候，哈里却没有影了。这是外加的一场小戏——一个女孩子把一朵玫瑰花奉献给一片空虚，——就在这个时候，幕布落了下来。

我走到后台，发现她手里仍然拿着一朵孤零零的玫瑰花，其余的花她已经放到一边去了。她的眼睛里含着眼泪。"我什么地方做错了？"她对我说，"我是不是什么地方得罪他了？"

"没有，"我说，"每次演完戏他总是这样。幕刚一闭，他一分钟也不多待，马上就溜走了。"

"明天他还这样吗？"

"连妆也不卸就溜掉。"

"星期六呢？"她问，"星期六他会不会留下来参加庆祝演出成功的茶话会？"

"哈里什么会也不参加，"我说，"星期六幕一落下来，你就再也找不着他了。要想再见到他就只能等他星期一上班了。"

"真让人难过。"她说。

星期五海伦的演出远不如星期四好，她好像有什么心事。幕落以后她看着哈里走掉，一句话也没说。

星期六她演得特别出色。平常演出的时候总是哈里定调子。但是星期六晚上哈里却不得不特别卖力气才跟得上海伦的表演。

当演员最后一次谢完幕，幕布落下以后，哈里又想要逃走。没想到这次他却没能逃掉，海伦攥着他的一只手不放，其他的演员、舞台工作人员和许多拥到台上来表示祝贺的观众，把他和海伦围在核心。哈里拼命想把自己的手撤回来。

"好了，"他说，"我得走了。"

"上哪儿去?"她问。

"啊，"他说，"回家去。"

"你带我去参加茶会好吗?"

他的脸涨得通红。"我怕我对参加茶会兴趣不大，"他说。他的马尔伦·布兰多气概一点也没有了。他笨嘴拙舌的什么话也不会说，心惊胆战，又害臊得要命——哈里不演戏时的面貌这时暴露无遗了。

"好吧，"她说，"我放你走——只要你答应我一件事。"

"什么事?"他问。我猜想如果这时候她松开手，他甚至会从窗口跳出去的。

"我要你答应在这儿等到我把给你的礼物拿来。"她说。

"礼物?"他说，比刚才更加害怕了。

"答应吗?"她说。

他答应了，他要是不答应就不能把手撤回来。当海伦到下面女演员化妆室取礼物时，哈里站在那里，垂头丧气地站在那里。很多人趁他在这儿等着的时候过来祝贺他演出成功。但是别人的祝贺从来没叫他高兴过。他什么都不想，就是要赶快离开这里。

海伦拿着礼物走回来。礼物是一本小蓝书，带有一条作书签用的大红缎带。这是一本《罗密欧与朱丽叶》。哈里非常尴尬，除了"谢谢"两个字以外再也想不到要说什么。

"夹着书签的那一页是我最喜欢的一场。"海伦说。

"唔。"哈里说。

"你不想看看我喜欢的是哪一场吗?"她问道。

哈里无可奈何地把书翻到夹着红带子的一页。

海伦凑到他身边来,读了一行朱丽叶的台词。"'告诉我,你怎么会到这儿来,为什么到这儿来?'[1]"她读道,"'花园的墙这么高,是不容易爬上来的。要是我家里的人瞧见你在这儿,他们一定不让你活命。'"她指着下面的一行。"现在看看罗密欧说什么。"她说。

"唔。"哈里说。

"你读读罗密欧的话。"海伦说。

哈里清了清喉咙。他不想读这个剧,却不能不读。"'我借着爱的轻翼飞过园墙,'"他用平常说话的语气读道,但是他的声调一下子变了,"'因为砖石的墙垣是不能把爱情阻隔的。'"他朗读道,身子挺直起来,一下子年轻了八岁,变得又英武又洒脱。"'爱情的力量所能够做到的事,它都会冒险尝试,'"他大声念道,"'所以我不怕你家里人的干涉。'"

"'要是他们瞧见了你……'"海伦说,她带着他向舞台一边走去。

"'唉!'"哈里说,"'你的眼睛比他们二十柄刀剑还厉害。'"在海伦的带领下,他俩走向舞台的下场门。"'只要你用温柔的眼光看着我,'"哈里说,"'他们就不能伤害我的身体。'"

"'我怎么也不愿让他们瞧见你在这儿。'"海伦说。这是我们听到的最后一句话。这两人从舞台上走出去,再也没有回来。

演员们举办的茶话会两个人都没有参加。一个星期以后这两个人结婚了。

他们生活得好像蛮幸福,尽管有时候表现得有些奇怪:这就要看这一时期

---

[1]　本行及以下各行引用的是朱生豪的译文。

他们一起朗读的是什么剧本了。

前两天我又到电话公司去了一趟，因为自动收费机又在同我开玩笑。我顺便问了一下海伦，她和哈里最近读了什么剧本。

"上个星期，"她说，"我同奥瑟罗结了婚，浮士德使劲和我谈恋爱，后来我又被巴里斯[1]诱拐走了。你说我是不是咱们这里最幸福的姑娘?"

我说我想是这样的，我还说城里大多数女性也都是这样想的。

"她们本来也是有这样机会的。"她说。

"她们多数人受不了那种兴奋劲儿。"我说。我告诉她俱乐部又请我导演一个剧。我问她和哈里能不能参加演出。她笑容满面地问："这次我们演什么角色啊?"

---

1   希腊神话中特洛伊城国王普里阿姆之子，因诱拐了海伦，引起特洛伊之战。

鉴评：爱的舞台

　　这篇小说写的是一种奇特的爱情心理，一种很有深度而非浅显的爱情心理，一种并非奇特得不可解释而是有着深刻社会根由的爱情心理，一种只有在当代文学中才能见到的爱情心理。

　　男主人公哈里·纳什似乎很怪。他在实际生活中很腼腆，总是躲避着别人，在人们的面前感到拘束，不自在，但他却是一个天才的业余演员，他在舞台上任何角色都演得惟妙惟肖，有声有色，极为真实自然。他在生活中是孤独的，从来没有女朋友，甚至连要好的男朋友也没有。漂亮的姑娘海伦爱上了他，他总是回避，甚至视为一种苦刑。然而，他显然并非不懂爱情，他可以在舞台上扮演各种爱情的角色，而且都演得充满激情。

　　女主人公是一个电话公司的职员，似乎也有点怪。她是一个漂亮的少女，可一直过着孤独的生活，好像还不懂得爱情为何物，即使要她排演爱情的剧本，也引不起她的任何激情，她总是表现出"那个摆着同一副笑脸、应酬任何一个查询电话费的顾客的女孩子"的本色。但是，在排演中她一旦遇上了那个只在舞台上才有爱情生活的男主人公，就热烈地爱上了他。

在这两个人物身上，都存在着很有心理深度的矛盾。一个并非不懂得爱情的青年，却害怕现实生活中的爱情，甚至千方百计逃避真正属于他自己的爱情。他不习惯也不愿意以他自己哈里·纳什的身份去过爱情生活，而只在舞台上、在剧本中以角色的身份去过爱情生活。这是因为艺术作品更强烈、更集中，艺术作品中的爱情更动人、更有吸引力吗？我们不能完全排除这个因素，但这显然并不是全部的原因。这个哈里·纳什不是遇上了海伦这样一个美貌的姑娘吗？那他为什么要像逃避灾难一样逃避她的爱情呢？这种情况无疑是一种很典型的异化，正常人性的一种异化。同样的情况也存在于海伦身上。她本来就是一个正常的姑娘，年轻、漂亮，自然而然地有正常的爱情要求，然而，她从来不知道爱情是什么，她唯一的对爱情的体验就是幻想与电影里的男明星结婚，所以，她心目中的"爱情"，其实只是一种对爱情的幻觉，这无疑也是一个少女的正常状态的异化。

人物身上的矛盾是现实生活中矛盾的反映，人物身上的异化是社会条件所造成的。海伦身上的异化，其原因是很明显的：她是一个公司的职员，她根据公司业务的需要，"总是从一个地方跑到另一个地方，在哪个地方也待不长"，即使她在学校里念书的时候，她又总是跟着她的父亲——一个建筑工"随着工地转"，因而，"从来没有认识几个没有结过婚的人"，从来没有机会体验爱情。于是，她个人的正常生活就完全被社会性的生活吞没了，她自己就像现代化机器中的一个小部件，完全丧失了自己的个性内容，以至她"老是那个摆着同一副笑脸、应酬任何一个查询电话费的顾客"。她那种异化的对爱情的无知和近乎麻木，正是她所过的机械人的不合理的社会生活的反映。不过，她这个矛盾还算比较容易解决，一旦她在北克劳弗尔德待了下来，参加了这个小镇上的团体生活，在其中又遇见了在舞台上充满了爱的激情的哈里·纳什，她那异化的外壳就被打破了，呈现出她那温柔多情的少女的本性，并且由她担任主角即主动者，缔结了她和哈里·纳什的一段既美满又不美满、既带有喜剧性又具有某种悲凉意味的爱情和婚姻。

比较起来，社会条件在哈里·纳什身上所造成的异化比较深刻、比较严重。因而，在他身上，本性的复归也就不那么容易。他为什么不能在现实生活中过自己的爱情生活而只能在剧本里、在舞台上过别人的爱情生活呢？原因就在于现实生活对他来说，几乎是冷酷无情的：他根本不知道自己的父母是谁，他在襁褓里就被扔在教堂门口。对于这样一个人来说，世间的温暖从一开始就是不存在的，他怎么会相信有爱并敢于去指望和追求爱呢？而且，他是一个微不足道的、庸碌平凡的小职员，周薪只有五十元，在现实生活里微不足道，即使有人爱上了他在舞台上的形象，但一回到现实，就会记起来他不过是五金行里的一个小雇员。于是，在这样一个对他来说没有爱、温暖和尊重的社会环境中，他总是"找一个隐蔽的地方躲起来——他听得到别人叫他，别人却看不见他。在公共图书馆考试的时候，他一般总是躲在工具书阅览室里，翻看字典前面的各国国旗消磨时间"。他的精神寄托是什么呢？是戏剧，是舞台，这样就形成了他逃避现实而酷爱过角色的生活的那种异化的性格。

当然，这种生活本身就是出于一种不得已，哈里·纳什自己对其中的苦味是有深切体验的，因此，每当演一出戏分配角色时，他那句常用语"这次我演什么角色"总带有一些"凄苦的味道"。最后，他毕竟在和自己同类的小人物之中、平凡普通的人之中，得到了真正的爱情，遇到了那么一个温情的少女。但是，现实生活在他性格中打下的烙印是那么深刻，他只有借助于文学戏剧作品中角色的身份，才和海伦过着幸福的生活，他在妻子的面前，一时是奥赛罗，一时是浮士德，一时是巴里斯，而从来也不是他自己哈里·纳什，所以他们两人的关系"好像蛮幸福，尽管有时候表现得有些奇怪：这就要看这一时期他们一起朗读的是什么剧本了"。这种爱情婚姻可以说既美满又不美满，既有喜剧性又有某种悲凉的意味，它的不美满、它的悲凉，就在于它始终没有摆脱现实生活所造成的异化的阴影。

　　在短短的篇幅里，以幽默的笔调写出这样一个有心理深度、有社会意义的爱情故事，的确显示了作者令人赞赏的才能。

黑发的露丝

[英国] 艾·埃·科珀德

江士晔 译

作者简介

　　艾·埃·科珀德（1878—1957），英国作家，出身于英格兰一个劳动者家庭，从小就独立谋生，后从事创作，1919 年起成为专业作家，他的文学成就主要在短篇小说与诗歌两方面。他是 20 世纪英国最杰出的短篇小说家之一，其主要的小说集是：《短篇小说选集》与《穿粉红外套的路西》。

　　四月间一个寒峭、阴雨的日子，向晚时分，有个旅客来到了一座乡镇上。在科茨沃德山区[1]，虽然市镇都小巧可爱，客店都整洁舒适，当地的一般习俗却是沉闷而单调的。他新近才走上了这些如此缺乏人迹、如此荒凉僻静的高地道路，仿佛古人为了某种早被遗忘了的用途修筑了这些道路，现在就留下来给他这种异乡人无意地行走了。围墙是用陈旧、粗糙的石板造的，把辽阔的田野分隔开。

―――――――――

1　英国英格兰西南部格洛斯特郡的一道山脉。

可是就连这些望不见尽头的围墙在造成以后，也已经变得十分衰败了，每一块石板上都有乌黑的斑痕、小片苔藓以及化石。他走过了附近几个居住区，有时是在一条溪水的转折处，有时是在几条道路的交叉点，古老的屋子与其说是建造在那儿的，不如说是凌乱地分布在那地方，腐朽的茅屋顶上像是坏疽似的尽是鸟窝。除了这些迹象以外，只有偶尔飞过的一只云雀或画眉、斑鸠的鸣叫，或是一只野兔子的敏捷的奔跑，才冲淡一下这种日间几乎和夜间一样深邃的极度寂寞。不过这位旅客对于这种时刻和这种地点却很注意。有些人是爱好用心灵观察绝对无法看到的事情，至少能感觉出绝对不会领略到的一种美的颤动，能在茫茫的荒凉的地区之上听出不是天上神乐，而只是他们自己内心的空虚呼唤的回声。虽然这位旅客的衣衫像黏土那样紧紧贴在他的身上，他却以不慌不忙的探索性步伐走进了这座小镇上那唯一的一条街，最后步入那家客店，在门口把鞋底擦了一下，又把雨水从帽子上抖掉。然后，他转身走进了一间小吸烟室。一些破旧的皮长凳装在窗子下面的墙壁上和几张桃花心木餐桌后面的其他一些偏僻的角落里。一面墙壁上装有种种有关酒吧间的设备，但是并没有一个分隔内外的柜台。正对面，熊熊的炉火正燃烧着，一个衣着整洁的年轻女郎，坐在壁炉前边放着的一张温莎靠背椅[1]上，瞪眼望着火焰。那间房里并没有别人。他走进去时，那姑娘站起身来招呼他。他问清楚了自己可以在这儿住上一夜。不多久，他取下了帽子和围巾，放在壁炉围栏里，湿大衣则拿到厨房里去了。店主人是一个老头儿，借给他一双宽大的拖鞋，还有一个女仆在隔壁房间里安排晚餐。

在安排晚餐时，他一直坐在那儿，跟这个酒吧间女招待聊天。在火光的照耀下，她的脸庞显得美丽，可是又有点忧伤的神气。当她的目光不向着火焰时，眼睛里有一种炯炯的光芒。尽管她态度亲切、谈吐文雅，眉宇间的那种忧郁神气却很明显——也许，这是由于房间里光线暗淡，或是由于阴雨天气，再不然

1　十八世纪英国流行的一种温莎地方制的细木靠背椅。

就是因为她长时间供应大量的鸡尾酒给那些贪杯好色的男人喝。

　　当他走去吃晚餐时，他发觉食物和饮料全是醒脾开胃的，餐具是银的，餐桌是桃花心木的，一切很叫人惬意。这时候，店里并没有其他的客人，就他独自一个。窗帘全已经拉拢，灯也全点亮了，身后的炉火也使人很舒适。因此，他这一餐坐在那儿吃了很久，后来一个皮肤白皙的女仆走来收拾餐桌，在屋子里一面忙着，一面和他谈说乡下的情况。那是一间狭长的屋子，一头是房门，还放有一个餐具柜，另一头就是壁炉。一只几乎没有什么书的书架上放有许多盘子，窗子对面的那一堵长长的墙壁上几乎没有什么图画，可是为了某种不可理解的、无疑又很有力的理由，却挂着许多碟罩。这些碟罩造型坚固，都是莫名其妙地受到人们珍重，并且通称"杨柳图案"的那种。有一只甚至挂在一幅地图上面。两幅发霉的版画跟碟罩混杂在一起，画上绘着几匹高大异常的马，由一些缺乏人性、难以形容的达官贵人骑着，这些人物全蓄着连鬓胡子，身穿五彩的短上衣和紧身的白裤子。

　　他从书架上取下那几本书，但是很快就失去了兴趣，把年鉴、郡名人录和种种指南换成了《科茨沃德新闻》。他把那张很深的椅子拖到壁炉边，就用这份报纸来消磨时间。这份报纸上有家畜展览、农场拍卖、江湖郎中和艺人刊登的广告，这叫他觉得怪有意思。报上还有一篇冗长的报道，叙述当地一名凶犯，一个名叫蒂莫西·布里杰的人的处决，这个布里杰在某种可耻的情况下把一个婴儿杀死了。这个使人头晕目眩的高潮对这位旅客说来简直是受不了的，他又把报纸扔下。

　　这个小镇上一片宁谧，就如同待在群山中一样。他在屋子里听不到一点声响，于是站起身走过门厅到吸烟室去。吸烟室门虽关着，里面却亮着灯，他走了进去。那姑娘坐在那儿，就和他初到时瞧见她那样。她仍旧独自一个，两只脚仍旧放在壁炉围栏上。他随手关上门，坐下来，交叉起两腿，抽着烟斗，欣赏着这个舒适的小房间和这姑娘的俊美的身材。他可以自由自在地这么做，因为这姑娘微微低着头在深思，没有朝着他。他在酒柜那儿的镜子里也可以稍许看到她一部分，镜子还照出了各种颜色的酒和醇厚的利口酒[1]那外形美观的酒瓶——外形那么迷人，甚至在不用时，它们似乎也注定有令人陶醉的历史，以及仅仅装着烈酒和淡啤酒的那些外形寻常的酒瓶，这类酒瓶将来的命运则比较坎坷，无非盛盛劣质的油、马药、消毒剂和凉茶罢了。此外，有喝苦味果酒用的五彩玻璃酒杯，喝甜酒用的白玻璃酒杯（下边有一个铅色的小洼槽），以及啤酒供应机上的那四只黑把手。

这姑娘穿着一件浅色的宽大绸外衣、一条黑丝绒的短裙和一双很薄的长筒丝袜，脚背和小腿上的肌肤隔着丝袜全清晰可见，因此他瞧得出它们已经给温暖的炉火烤红了。她还穿了一双雅致的高跟布鞋，不过她最美的是那一头浓密乌黑的头发，堆在脑后，遮盖住了黝黑的颈子。他坐着抽烟斗，让大钟很响的嘀嗒声充斥了那间寂静的屋子。她一动不动，而他呢，也没有稍许动上一下。那种情形就仿佛他是决心要上这儿来，静悄悄地候着似的。这时候，他感觉到，这正是这一晚上他抱有的渴望。现在，当着她面，他竟然莫名其妙地激动起来，他可不记得过去有什么事情曾经像这样激动过。

青年时期，他曾经把妇女看作蓄着长发、穿着紧身胸衣和吊袜带、做一些无法理解的祈祷的没出息的可怜虫。坐在戏院顶层楼座那有利的位置上，他看到正厅里的妇女，老对她们袒露的肩膀上的关节感到厌恶。话虽这么说，天空中还是有一位神[2]，一位头发披下来和眼光美妙的神，他庄严而热忱地跨一大步就走过了整个圆形的半球，轻灵的肢体像轮辐装在永恒的轮辋和轮轴上那样，固定在半球上，灿烂的头发因为落月的怜惜而像烈火一般发光，因为在黎明时动怒而摆来摆去。

说真的，这位旅客大爷走进这间房来，就是为了想跟这个女人待在一块儿。

1　一种味浓性烈的甜酒。
2　指爱神。

她也同样的确渴望他来。尽管这一时刻相当偶然，他却仿佛在人间的跋涉中突然遇见了——一个能够设想出的、具有可以容许的全部敬意的，唔，一座神龛那样的人物。他不胜谦恭，立即低下头去。

屋子里就没有别人了吗？大钟显示出来，再过几分钟就9点。他依然坐在那儿，像石头一样一动也不动，而那个女人，尽管有动作和声音，简直可能是蜡制的。他们俩之间似乎有一股诱惑力。他忍住没有吸烟，烟斗在牙缝之间都变凉了。他等着想她来看上一眼，做出一个动作，好打破那阵出神的静寂。街上和屋子里都没有脚步声，客店里也没有人声，只听见大钟嘀嗒响着，仿佛宣判死刑似的。它突然很响亮地打了九下，镇上的一只钟也凄凉地打了九下，接着就在厨房那么近的地方，一只布谷鸟¹模仿着叫了九声。随后，传来了老店主在门厅里的乏力的脚步声，几扇房门砰砰关上，门锁和门闩咔嗒咔嗒响了一阵，接着寂静又使人不能忍受地笼罩着他们了。

他站起来，立到了她的身后，用手摸了一下她的黑头发。她一动没有动，也没有任何表示。他抽出两三把小梳子，放到她的膝上，让所有的头发都披散下来，落到了他的手里。初散下来时的接触是粗糙得出奇的，可是又那么浓密、那么有光泽，而且黑得像乌鸦翅膀那样。他把手掌轻轻地伸了进去，手指一边摸索，一边同那种微妙的异样感觉斗争，心里还产生了一个严肃的念头，使他的胡思乱想平息下去——这可不是胡思乱想，只是一种非完成不可的惯例！（跑吧，跑吧，糊涂人啊，你入迷了！）但是他已经到了这个地步，就不顾一切，俯下身子，把她的脸转过来朝着他。她这时也一把抓住了他的手腕，以热情回答了热情，把他的两手紧紧按到了她的胸前，同时互相一次又一次地亲吻。接着，她跳起身，从炉围栏上拿起他的帽子和围巾，说：

"我一直在替你把它们烤干，不过帽子肯定缩小了点儿——我试过啦。"

1　指报时声音似布谷鸟叫的时钟。

他从她手里把帽子和围巾接过来，放到身后，自己也轻轻地向后靠在桌子上，背着两手，抓住桌边。他说不出话来了。

"我给你烤干了，你就不打算谢谢我吗?"她问，一面从地毯上拾起小梳子，把头发重新束好。

"我真不知道我们干吗那样做?"他羞愧地问。

"我也在这样想。"她说。

"你方才……方才那样真太美了，你知道。"

她没有回答，继续束她的头发，两眼从眉毛下边闪闪发亮地盯视着他。等她把头发束好以后，她走到他面前。

"这样成吗?"

"我要再让它披散下来。"

"不要，不要，老头儿或是老婆子会走进来的。"

"那又怎么样?"他说，把她搂在怀里，"告诉我你叫什么名字。"

她摇摇头，但是回答了他的亲吻，并且用旖旎动人的手势抚摸他的头发和两肩。

"你叫什么名字? 我想用你的名字唤你。"他说，"我不能老管你叫'可爱的女人'，'可爱的女人'。"

她又摇摇头，没有作声。

"那么我就管你叫露丝，黑发的露丝，生着美丽的黑发的露丝¹。"

"这名字叫起来很好听——我认识一个又聋又哑的姑娘，名字就叫露丝。她上诺丁汉²去，嫁了一个演奏手摇风琴的街头艺人——不过我喜欢用这做我的名

---

1 "露丝"原为希伯来女子名，有"朦胧黑暗""晦涩难解"的意思，后来又具有英文 ruth（同情、怜悯）一词的含义。《旧约全书》有《路得记》一篇，记载一个孝顺贤惠的摩押女子路得（即露丝，旧译"路得"），她曾与大财主波阿斯同眠共寝，终不及乱。"黑发的露丝"原文为 Dusky Ruth，dusky 一词用在这里语带双关，除作"黑黝黝的"解外，还有"忧郁的""闷闷不乐的"之意。上文作者曾说露丝眉宇间有一种忧郁的神气。

2 英国英格兰中部诺丁汉郡的首府。

字。”

“那么我就把这名字给你。”

“我的名字非常难听。”

“是什么呢?”

她摇摇头,又炽热地跟他亲昵了一番。

“那么你就叫露丝吧。你乐意就用这名字吗?”

“好。要是你把这个名字给我,我就为了你用下去。”

说真的,时机已经来到了他们的面前,他们看到一个照耀着红光的幸福世界。

“我拿我唯一的他连得[1]做赌注,”他开玩笑地说,“看到它为我赢得了四十倍。我觉得我就像用一块乳酪逮到三只老鼠的那个男孩儿。”

到十点钟,那姑娘说:

“我非得去瞧瞧他们在干什么。”她说着走到了房门口。

“他们是因为我们不能去睡觉吗?”

她点点头。

“你困倦吗?”

“不,我并不困倦。”

她疑惑不定地望着他。

“我们不应该待在这间屋子里,上咖啡室去,我再过几分钟也上那儿去。”

“好,”他愉快地小声说,“我们就坐上一个通宵。”

她站在门口,让他走出房间去。他走过门厅,到了另一个房间里。那房间里一片漆黑,只看见炉火的闪光。他在壁炉前边站定,擦亮了一根火柴准备点灯,可是到了圆灯罩面前又停住。接着,他把火柴熄灭了。

1　原文是 talent,一种古希腊、罗马或犹太人的货币单位。

"不，最好就坐在火光里。"

他听见屋子另一头有些人声，声音里似乎有一种责骂的腔调。

"主啊，"他心想，"她在挨骂吗？"

然后，她的脚步在门厅的石地上回响着走过来了。她推开房门，手里拿着一支点亮了的蜡烛站在那儿。他站在房间的另一头，笑容满面。

"明儿见。"她说。

"唉，别走，别走！来呀。"他反对着，不过他站在壁炉旁边并没有动。

"得去睡觉啦。"她回答。

"他们跟你发火了吗？"

"没有。"

"那么，上这儿来，坐下。"

"得去睡觉了。"她又说了一遍，但是她却把烛台放在那张小餐具柜上，用一根燃点过的火柴棍拨着烛芯。

"哎，来呀，就待半小时。"他反对她走。她没有回答，只是继续拨烛芯。

"那么就待十分钟。"他说，依然没有朝她身旁走去。

"五分钟总成吧。"他央告着。

她摇摇头，拿起烛台来，转身朝房门走去。他并没有移动身子，只唤了一声她的名字：露丝！

她随即折回来，放下蜡烛台，踮起脚尖走过那房间，到了他的面前。这次拥抱所带来的喜悦那么强烈，因此当她又站直身子时，他几乎感到心花怒放。她装出镇静的神情说，不过他听得出她说话带着颤音：

"我非得去把你的蜡烛取来给你。"

她从门厅取来一支蜡烛，放到他面前的桌上，擦着一根火柴。

"我的房间是几号？"他问。

"六号。"她回答着，心不在焉地用火柴去拨烛芯，同时一道白蜡从新点起的那支蜡烛上淌下来，"六号……就挨着我的那间。"

火柴熄灭了，她蓦地说了一声"明儿见"，拿起自己的蜡烛，撇下他在那儿走了。

过了一会儿，他走上楼梯，进了自己的房间，然后把房门销上，脱下外衣、衣领和拖鞋，但是心里燃起的情欲却折磨着他，他走来走去，不想睡觉。他于是坐下，可是并没有什么排解的办法。他试着去看带上楼来的报纸，一句句子也看不进去，随后他强迫自己把处决那个恶棍布里杰的报道从头到尾再看上一遍。等他看完以后，他仔细地把报纸折起来，站起身倾听。他走到分隔两间房间的那堵墙前边，用指尖在墙上轻轻敲了几下。然后，他等了半分钟、一分钟、两分钟，并没有答复的迹象。他用指关节更使劲儿地又敲了敲，仍然没有反应，他敲了许多下。接着，他尽可能悄无声地把房门拉开。顺着那条黑暗的走道看去，其他的房门下边都有一线亮光，他自己隔壁的那间房间有，再往前的一间也有。他站在走道里细听着较远那间房间里老年人低沉的谈话声，老头和老婆子正要安歇了。他害怕地屏住呼吸，一步步走到她的房门口，在门上轻轻敲了一下。房里并没有回答，不过他不知怎么可以推测出，她知道是他在房门外。他又敲了一下，她来到门旁，小声说："不要敲，不要敲，快走开。"他转了一下门把手，房门上了锁。

"放我进来。"他央告着。他知道她就站在门里，离开他不过一两英寸。

"嘘，"她轻声喊着，"快走开，老婆子的耳朵尖得像只狐狸。"

他站在那儿有一会儿没有作声。

"开门呀。"他催促着，但是没有听到进一步的答复。他觉得自己愚蠢、受了挫折，于是退回房去，脱掉衣服，吹熄了蜡烛，蹑手蹑脚爬上床，内心里跟暴风雨掠过的一片树林一样纷乱，心脏七上八下地怦怦乱跳着。房间里异常闷热，精神和四肢都得不到安静，除去火红的幻象与炽热的拥抱以外，什么也感觉不到。

"道德……道德是什么，还不是跟自己内心达成的协议吗?"

就这样，他躺了两小时——好几只大钟都敲了十二点——愚蠢而顽固地听着有没有她沿走道走动的脚步声，把每一细微的声音——而夜，夜是充满了这种声音的——都幻想成是她把手放到了房门上。

突然——这当儿，他的心好像会以它那雷鸣般的轰轰声使全所房子都感到局促不安似的——他可以清清楚楚地听到有人在敲墙壁。他连忙从床上爬起来，站在门旁静听。接着又听见敲了一下。他披了几件衣服，悄悄地溜进了走道，走道里这时候一片漆黑。他一手扶着墙壁朝前走去，直到摸到了她的房门。房门开着，他走进了她的房间，随手把门关上。房里一丝最最朦胧的光线也没有，他什么也瞧不见，于是轻轻地叫了一声："露丝!"她站在那儿，碰碰他，但是并没有说话。他伸出两只手去，搂住了她的颈子，她的头发像波涛似的披覆在颈子两旁。他亲了一下她的脸，发觉她两眼里满含着泪水，咸津津的，莫名其妙、乱人心意。在那浓郁的黑暗中，他用胳膊去搂她，一心只想安慰安慰她，一只手伸进了一绺绺粗硬的长发，另一只手抱住她的腰部。这时他才觉察出，她身上没有披衣裳。接着，他感觉到了她的柔嫩的胸脯和冰凉光滑、裸露着的肩膀。但是她在那儿哭泣，悄无声息地哭泣，泪水大滴大滴地流下，她这莫名其妙的悲伤抑制住了他的情欲。

"露丝，露丝，我可爱的美人儿!"他嘟哝着安慰她，伸出一只手去摸索她的床铺，接着揭开被子和被单，像母亲抱起孩子那样轻轻地把她抱起来放进被去，再把被子盖好，自己就在她身旁伸直身子和衣躺下来安慰她。他们就这样像孩子一样天真无邪地躺了一小时，后来她似乎睡熟了。他这才爬起来，静悄悄地回到自己的房里去，浑身感到疲乏。

早晨，他吃早餐时没有看见她，可是因为他在世上有正事要办，在这家客店里只好再待上一小时就得永远离开，他便走进吸烟室去，在那儿找到了她。她用古怪的目光同他打招呼，不过是相当欢乐的，因为这时候那儿还有一些别人，有农民，有一个屠户、一个登记员、一个年纪很大的老头。那一小时过去了，但是这些人并没有离去。最后，他穿上外衣，拿起手杖，告辞出去。她的炯炯的目光盯视着他直送到了门口，然后从窗子里一直送到了目力所及的遥远的地方。

鉴评：危险陷阱

　　邂逅之爱，在人生中经常是一大幸事：它突如其来，意想不到，令人喜出望外；它进展迅速，有如神助，在极短的时间就达到了顶峰，令人心醉神迷；它常转瞬即逝，只来得及展示它浪漫的内容与绚丽的色彩，而没有来得及带来可能有的矛盾、烦恼、难堪、平庸与尴尬，给人留下了如身入奇境的美妙回忆；它出于偶然，巧夺天工，早一分钟、迟一分钟都不行，换一个地点不行，另是一种心情也不行，一切都配合得如此巧妙，似乎有上天的精心安排。它如此罕见，如此难以成活，千万个人中也难得有一人一生得遇一次。"物以稀为贵"，它在人类爱情科目中之珍奇，犹如熊猫在动物中的地位，自然，它在文学中往往是格外得宠的。写邂逅之爱的短篇小说很多，不胜枚举，《黑发的露丝》在我看来是颇有特色的一篇。

　　要把邂逅之爱写得叫人看得下去，首要的就是要取信于人，使读的人对那突如其来的爱情感到真实自然。试想，两个素不相识的男女，在短短的时间里，竟然一拍即合，如果不是有"充分的理由"，岂不有点不堪，何能进入小说的"大雅之堂"？

究竟是什么动力、是什么气氛、是什么情绪使两个陌生人之间蹿起了爱的火苗，使得男女双方迅速越过了分隔的间距与社会规范的障碍，抛弃了种种现实利害的考虑，缩短了身份、职业的差距以及心理上的隔阂而结合为一体？莫泊桑在他的《郊游》里很"直率"，在他笔下，那一对母女与那两个水手，在短短几小时的邂逅中有了性爱关系，干脆就是由于双方的性感吸引与肉欲冲动，只不过他把这赤裸裸的真相写得非常巧妙，显示出他在短篇小说藏与露的艺术上高超的才能。与他不同，科珀德在《黑发的露丝》中，从另一个不同的角度处理这个题材，处理得比莫泊桑更富有诗意、更有心理深度。

他让这个男主人公从远处一步步慢慢地走进即将产生爱情的那个场所，也许，你觉得人物行程中那种环境描写颇为多余，不，它们的作用至关重要，这男人先是进入了一个罕见人迹的山区，这就意味着远离了他原来那个纷纷攘攘的现实社会，然后是这个山区里一个荒凉的小镇，小镇上一个僻静的小旅店，小旅店里空荡荡的店堂，那里几乎只有黑发的露丝一个人。这样，这个男人就等于来到了一个与世隔绝的孤岛。随着他来到这个孤岛现场，作者也就把他身上一切现实社会关系的羁绊剥得一干二净，让他的身心从一切约束中解脱了出来，让他面前只剩一个"现实关系对象"，只剩一个人的对象，那就是一个黑发的少女。这种封闭式的孤立的境况，正是亚当与夏娃最难以抗拒的危险陷阱，在这种境况里，总难免要发生点什么事，不论男女双方的距离有多么远，甚至原来的关系有多么敌对。

重要的还有人的心情。人在羁旅行役中之容易动感情，早已在中国的古典诗词里被证明千万次了，看来，外国人有时也免不了有"异乡风物，忍萧索"的情怀，这个短篇中的这个旅人身上，就有那么一点落寞空寂的情调。这情调在一片宁谧的氛围中，与面前那个少女身上的抑郁、忧伤、凄清一下就融为了一片，且不说她那一头披肩的黑发正符合他青年时期以来对爱神的想象。

　　至于那个少女，也许她女招待的职业使她早已对男人内心里的骚动与隐秘的企图习以为常，何况，这次她所碰见的是异性的柔情，而不是粗俗的肉欲，因而，她所回答的，除浓烈的爱意外，还有充满了辛酸的悄声哭泣。

　　正因为有了这种不落凡俗的触媒与化合，才有了最后那一场咸津津的泪水冲走了旅人的情欲，出现了一个"天真无邪"的场面。邂逅露水之爱，经常是不缺肉体结合这一成分的，但这一次偏偏没有！于是，小说就由邂逅情上升为异性之间诚挚的同情与怜爱，因而具有了新的不平凡的格调。